Sabina Gröner

Leles Geheimclub

Übernachtungsparty bei den Queens

Für Leonie und Loris
und für meine Eltern

Sabina Gröner

Leles Geheimclub

Übernachtungsparty bei den Queens

Band 2

Mit Illustrationen von Meike Hamann

Ravensburger

Bibliografische Information der Deutschen Nationalbibliothek:

Die Deutsche Nationalbibliothek verzeichnet diese Publikation in der Deutschen Nationalbibliografie. Detaillierte bibliografische Daten sind im Internet auf www.dnb.d-nb.de abrufbar.

FSC www.fsc.org MIX Papier aus verantwortungsvollen Quellen FSC® C111262

1 2 3 4 5 E D C B A

Originalausgabe

Cover- und Innenillustrationen: Meike Hamann
Logodesign: Meike Hamann
Lektorat: Svenja Kopfmann

Printed in Germany
ISBN 978-3-473-36745-0

www.ravensburger.de

Inhalt

1. Nervige Verfolger

„Ich glaub, ich hab ein Wiesel gesehen!“, flüsterte Lele ihren beiden Freundinnen Cleo und Elif zu, die neben ihr die Straße entlangschlenderten.

Die drei Mädchen waren gerade auf dem Nachhauseweg von der Schule.

„Schon wieder? Wo denn?“, fragte Elif und blickte sich verstohlen um.

Lele deutete mit dem Kopf hinter sich ins Gebüsch, wo man durch das Geäst drei Haarschöpfe erkennen konnte.

„Mensch, die nerven echt langsam!“, grummelte Cleo und verdrehte die Augen.

Lele grinste. „Ja, diese Sorte Wiesel kann einem ganz schön auf den Geist gehen.“

Wiesel war Geheimsprache und

bedeutete *Verfolger* – und verfolgt wurden die Queens seit einigen Tagen ständig.[1] *Queens*, so nannten sich Lele, Elif und Cleo, seit sie in der ersten Klasse ihren gleichnamigen Geheimclub gegründet hatten. Sogar eine eigene Geheimsprache hatten die drei entwickelt. Somit konnten sie auch in der Öffentlichkeit über geheime Clubangelegenheiten sprechen, ohne dass man sie verstand. Die Queens fanden es allerdings überhaupt nicht witzig, dass Kolja, Loris und Devin aus ihrer Klasse die gleiche Idee gehabt und selbst einen Geheimclub gegründet hatten. Und dann nannten sich die drei Jungs auch noch *Kings*! Was für eine bodenlose Frechheit! Logisch also, dass die Kings ihre Feinde waren.
Und gerade jetzt gingen sie ihnen gewaltig auf die Nerven. Denn egal, wo die drei Freundinnen zurzeit unterwegs waren, mindestens einer der Kings war ihnen immer auf den Fersen. Kolja, Loris und Devin hatten sich nämlich in den Kopf gesetzt, das geheime Hauptquartier der Mädchen zu erobern. Und das kam ja mal überhaupt nicht infrage!
Die Queens hatten das Flachdach von Cleos Haus heimlich in ein Wohlfühlparadies mit gemütlichen Kissen verwandelt und verbrachten jede freie Minute dort oben. Vor allem auf ihren eigenen kleinen Garten, den sie selbst angelegt hatten, waren

1 Eine Liste aller Geheimsprache-Wörter gibt es am Ende des Buches!

die drei mächtig stolz. Umso wichtiger war es auch, dass keiner ihr tolles Hauptquartier betreten konnte. Daher hatten die Mädchen die Luke zum Dach auch felsenfest gesichert. Und so blieb den Jungs nichts anderes übrig, als die Mädchen auf Schritt und Tritt zu verfolgen – und zu hoffen, dass sie sie im Moment der Dachbesteigung überrumpeln konnten. Doch die Queens hatten schnell gemerkt, dass sie beobachtet wurden, und machten unter diesen Umständen natürlich einen großen Bogen um ihr Geheimversteck.
Jetzt nickten sich die drei Mädchen unauffällig zu – und liefen an der nächsten Kreuzung, ohne ein weiteres Wort zu wechseln, in verschiedene Richtungen davon. Das würde die Jungs mit Sicherheit verwirren! Ihr Plan schien aufzugehen, denn schon hörte Lele, wie ein aufgeregtes Getuschel hinter ihrem Rücken losging.

„Was soll das denn jetzt? Die laufen ja gar nicht zum Dach!", hörte sie Loris flüstern.

„Wir müssen uns halt auch aufteilen", kam die Antwort von Kolja.

„Lieber nicht. Ich glaub, die wollen uns reinlegen!" Devin hatte den Braten natürlich gerochen. Was auch kein Wunder war. Schließlich war er Elifs Zwillingsbruder und genauso scharfsinnig wie sie.
Für einen Moment war es still. Dann sagte Kolja: „Ich glaub,

Devin hat recht. Ich schlage vor, dass wir für den Moment abbrechen."
Loris stöhnte, stimmte aber zu. Die drei zogen geknickt ab.

Kurz darauf erreichte Lele die Bushaltestelle, wo Elif und Cleo bereits auf sie warteten.
„Die Wiesel hier in der Gegend wirken auf mich auch immer verwirrter", sagte Lele und die drei lachten.
„Die haben wir auf jeden Fall fürs Erste abgehängt", sagte Elif.
„Das haben wir echt gut gemacht!", rief Cleo, und die drei streckten ihre Arme für ihren ultimativen Queens-Gruß aus, bei dem sie ihre Hände zusammenführten und wie eine Blüte öffneten: Pling!
„Was denkt ihr? Eigentlich können wir doch jetzt, wo wir unsere Verfolger los sind, aufs Dach steigen!" Cleo sah ihre zwei Freundinnen erwartungsvoll an.
„Ich glaube, da haben wir uns zu früh gefreut", antwortete Elif und nickte unauffällig in Richtung der nächsten Straßenecke.
Lele kniff die Augen zusammen. Tatsächlich: Ein halber Turnschuh lugte hinter der Ecke hervor. Das musste einer der Kings sein!
„Die sind hartnäckiger, als wir gedacht haben. Das war's dann wohl mit dem Dach für heute." Lele seufzte und schlug vor,

dass sie sich nach dem Abendessen bei ihr treffen könnten. Elif und Cleo waren sofort einverstanden. Die drei Freundinnen verabschiedeten sich mit ihrem Queens-Gruß voneinander, dann liefen sie alle in verschiedene Richtungen nach Hause.

Als Elif und Cleo später Leles Zimmer betraten, staunten sie nicht schlecht. Quer über ihrem Schreibtisch prangte ein riesiges Banner, das so breit wie der Schreibtisch selbst war. Es bestand aus sechs A4-großen Blättern, die mit feinen Fäden miteinander verbunden waren. Auf jedem Blatt war ein großer, farbiger Buchstabe geschrieben. Zusammen ergaben sie ein Wort: *QUEENS*!

„Wow!“, rief Cleo.
„Ein Banner de luxe!“, sagte Elif.
„*Dö* was?“ Lele runzelte die Stirn.

„*De luxe*[2]“, wiederholte Elif. „Man sagt *dö lüx*, schreibt aber *de luxe*, weil es aus dem Französischen kommt. Es bedeutet eigentlich *luxuriös*, aber man sagt es auch, wenn man findet, dass etwas von besonders guter Qualität ist, also besonders erstklassig. So wie dein Banner eben.“

„Oh, danke!“ Lele merkte, wie sie ein wenig rot wurde.
„Geniales Wort, das merk ich mir!“, sagte Cleo.
„Find ich auch!“, sagte Lele. „Ich schlage vor, ab jetzt ist *de luxe* ein Queens-Wort!“
„Oh ja! Das ist eine *De-luxe*-Idee!“, rief Cleo strahlend.
Die drei beschlossen, dass sie das Banner bei der nächsten Gelegenheit auf ihrem Geheimdach aufhängen wollten. Lele hatte bereits alle sechs Blätter mit dem Laminiergerät ihrer Mutter in durchsichtige Folie eingeschweißt. So würde das Banner selbst bei Wind und Regen schön bleiben.

Lele holte selbst gemachte Milchshakes für alle aus der Küche, während es sich Cleo und Elif auf ihrem Bett gemütlich machten. Dann klappte Lele den Laptop ihrer Mutter auf und die drei begannen, sich durch lustige Tiervideos zu scrollen.

2 Auf Seite 70 kannst du alle Fremdwörter sammeln, die Elif in diesem Buch benutzt.

„Waschbären sind ja so süß!", sagte Cleo nach einer Weile.

„Und Pinguine so witzig!" Elif musste beim Anblick der watschelnden Pinguine, die gerade im Video zu sehen waren, lachen. „Stellt euch vor, wie lustig es wäre, wenn es einen Pinguin-Waschbär geben würde. Ein Tier mit dem süßen Gesicht eines Waschbären und dem lustigen watscheligen Gang eines Pinguins."

„Du meinst ein *Pingbär*?", fragte Lele und begann, auf ein Stück Papier zu kritzeln, das sie ihren Freundinnen kurz darauf hinstreckte. „Darf ich vorstellen: ein waschechter Pingbär. Der Einzige seiner Art."

Lele hatte mit wenigen Strichen ein knuffiges Fantasietier gemalt, das oben wie ein Waschbär und unten wie ein Pinguin aussah.

Cleo jubelte. „Das ist ja eine mega coole Idee, Lele! Also, ich meine natürlich eine Idee *de luxe*."

„Du hast ja gemorpht, Lele!", rief Elif und schaute sich den Pingbär genauer an.

„Gemorpht?", fragte Lele.

„Kennt ihr das nicht?" Elif sah Cleo und Lele fragend an. Die beiden wechselten einen kurzen Blick und schüttelten dann den Kopf. „Also: Morphen nennt man den Vorgang, wenn aus zwei Dingen eins gemacht wird, indem man sie zusammenfügt. Wie eben unser Pingbär hier."

„Super!", rief Lele. „Lasst uns Tiere morphen!"

Genau das taten die drei dann auch – und zwar noch so lange, bis Leles Mutter an die Tür klopfte und sie daran erinnerte, dass morgen Schule war und die drei darum langsam aber sicher schlafen gehen sollten.

Der supercoole MORPH-ZOO der Queens

PINGBÄR

MAUPFAU

NILPFEBRA

GIRAFÖTE

EULANGE

FROSCHATZE oder KÄNGSCHWEIN –

welches gemorphte Tier dürfte bei dir einziehen?
Zeichne einfach los!

Haskatz Pingbär Faulschaf

2. Bonbons für alle! Und einen Kaffee für den armen Herrn Arnold

Am nächsten Morgen rutschte Lele im Unterricht ungeduldig auf ihrem Stuhl hin und her. Vorne an der Tafel stand Herr Arnold und gähnte. Es war die erste Stunde an diesem Tag und eigentlich hatte sich Lele ja ganz fest vorgenommen, während der Stunden ihres Klassenlehrers absolut brav und aufmerksam zu sein und nichts anderes zu tun, als seinem Unterricht zu folgen. Ihr armer Lehrer hatte zu Hause nämlich immer noch Baby-Alarm und das bedeutete, dass er nicht nur ständig müde war, sondern auch ganz schön schwache Nerven hatte. Da wollte sie ihn nicht noch extra auf die Palme bringen.

Aber so eine klitzekleine Ausnahme musste ab und zu mal drin sein, fand Lele jetzt. Denn gerade war ihr eine Idee gekommen, die ihrer Meinung nach keinen Aufschub duldete.

Es ging natürlich um die Kings. Genauer gesagt darum, dass sie die Queens immer noch ständig verfolgten und beobachteten, zum Beispiel erst vorhin auf dem Schulweg wieder. Wenn die Jungs sie schon die ganze Zeit ausspionierten, dann sollten die Queens wenigstens ein wenig Spaß dabei haben, fand Lele.

Leise schlug sie das Geheimclub-Buch mit den *Listen der wichtigen Dinge*, kurz LwD, auf und schrieb auf eine leere Seite schwungvoll eine neue Überschrift. Dann schob sie das Buch zu Cleo rüber, die sofort einen Stift zur Hand nahm. Nach wenigen Minuten hatten die drei Queens bereits eine neue Liste erstellt.

WIESEL-ALARM-

oder wie man nervige Verfolger an der Nase herumführen kann

Im Kreis gehen

Genau! Immer um die Schule herum!

Plötzlich umdrehen und den Verfolger erschrecken

Oder erst in einen Hinterhalt locken und dann ganz fürchterlich erschrecken

An einen ganz fiesen Ort führen

Ja! Zum Beispiel aufs Mädchenklo der Schule

Oder zur Wohnung vom Hausmeisterehepaar Würgler

Oder zu ihrer eigenen Wohnung

Gerade wollte Lele einen weiteren Punkt hinzufügen, da hörte sie die Stimme von Herrn Arnold: „Leonie Lemke! Das da auf deinem Tisch sieht mir aber nicht nach dem Arbeitsblatt aus, das ich ausgeteilt hatte.“

Lele blickte auf. Herr Arnold stand direkt vor ihr. Er musste sich leise angeschlichen haben. Jedenfalls hatte Lele nicht bemerkt, dass er näher gekommen war. Nun beugte er sich über ihr LwD-Buch und war drauf und dran, darin zu lesen. Schnell legte Lele ihren Arm über die Buchseite. Sie musste Herrn Arnold sofort ablenken, so viel war klar.

„Äh, also …“, fing sie an, während es in ihrem Kopf ratterte. Verzweifelt überlegte sie, wie sie Herrn Arnold daran hindern konnte, das Buch genauer unter die Lupe zu nehmen. Aber ihr wollte einfach nichts einfallen. Zu allem Übel hatte sie durch ihr Gestammel mittlerweile die Aufmerksamkeit der ganzen Klasse auf sich gezogen.

„Also, das ist nicht …“, machte Lele einen zweiten Versuch. Aber noch immer fiel ihr keine Antwort ein – schon gar keine witzige.

„Darf ich mal?“, fragte Herr Arnold und wollte nach dem Buch greifen.

„Nein!“, rief Lele und hielt es fest.

Herr Arnold hielt kurz inne und blickte sie irritiert an. Lele

überlegte angestrengt. Sie musste ihren Lehrer von dem Buch ablenken – und zwar genau jetzt!
In dem Moment begann es, im Klassenzimmer kleine, bunte Bonbons zu regnen. Innerhalb von Sekunden war der ganze Boden damit bedeckt. Lele schaute nach rechts zu Cleo, die neben ihr saß. Sie grinsten sich an. Cleo hielt eine riesige, leere Bonbontüte in ihrer Hand, die sie gerade wieder in ihrem Rucksack verschwinden lassen wollte.
Doch Herr Arnold hatte sie bereits gesehen. „Cleo!", rief er und versuchte, streng zu klingen. „Cleo, was fällt dir bloß …" Weiter kam er nicht. Um ihn herum war nämlich das pure Chaos ausgebrochen. Die anderen Schülerinnen und Schüler waren von ihren Stühlen gesprungen, knieten auf dem Boden und begannen, eifrig die Süßigkeiten einzusammeln.
Herr Arnold blickte hilflos auf das große Durcheinander und machte einen halbherzigen Versuch, die Lage in den Griff zu bekommen. „Ruhe!", rief er in den Raum. „Und sofort zurück auf eure Plätze!"

Niemand reagierte.
Schließlich zuckte der Lehrer resigniert mit den Schultern und blickte auf seine Uhr. „Nur noch fünf Minuten, dann ist sowieso Pause. Was soll's …" Herr Arnold seufzte, nahm ebenfalls ein Bonbon vom Boden und schob es sich in den Mund.

„Danke!“, raunte Lele Cleo zu.
Die drei Queens waren die Einzigen, die auf ihren Stühlen sitzen geblieben waren. Amüsiert verfolgten sie das Schauspiel, das sich vor ihnen auf dem Boden abspielte.
Cleo grinste. „Die Bonbons sollten eigentlich nur für Clubmitglieder sein. Ihr seid aber bestimmt damit einverstanden, dass ich sie jetzt dafür verwendet habe.“
„Natürlich. Das war die beste Rettungsaktion, die ich jemals erlebt habe!“, rief Lele.
„Eine Rettung *de luxe*!“ Elif klopfte Cleo anerkennend auf die Schulter. „Trotzdem, das war echt knapp mit dem LwD-Buch!“
„Das stimmt …“ Lele seufzte. „Vielleicht sollten wir in nächster Zeit vorsichtiger sein und während des Unterrichts die Finger davon lassen.“
„Ja, vielleicht …“, sagte Cleo, klang dabei aber nicht wirklich überzeugt.
„Wir können es ja mal versuchen.“ Elif zuckte zweifelnd mit den Schultern.

Keine von ihnen wirkte sonderlich begeistert von der Vorstellung, in der Schule zukünftig auf das LwD-Buch verzichten zu müssen. Immerhin waren die Listen einer der wichtigsten

Bestandteile ihres Geheimclubs und ein elementares Kennzeichen der Queens. Abgesehen davon machte es einfach unglaublich viel Spaß, sich immer neue tolle Dinge zu überlegen und aufzuschreiben.

Es läutete zur Pause. Die anderen Kinder rafften die letzten Bonbons zusammen und liefen aus dem Klassenzimmer.

Herr Arnold atmete erleichtert aus. „Endlich! Zeit für meinen Kaffee!“, murmelte er und verschwand.

Die drei Queens sahen ihm grinsend hinterher.

„Ich mag Herrn Arnold“, sagte Cleo.

„Ich auch.“ Lele nickte zustimmend. „Und ich finde, er hat sich seinen Kaffee wirklich verdient!“

Ein lustiger KLINGELTON oder total süße KATZENBABYS – womit kann man DICH ablenken?

3. Startschuss für die Mission Morgengymnastik!

Wenig später schlenderten Lele, Cleo und Elif über den Pausenhof und aßen ihre mitgebrachten Brote. Dabei kamen sie an den Kings vorbei, die an der Schulhofmauer lehnten und die Queens nicht aus den Augen ließen. Ohne die Jungs zu beachten, gingen die Mädchen an ihnen vorbei.

„Langsam gehen mir diese Wiesel so was von auf die Nerven!“ Cleo verdrehte verärgert die Augen.

Lele seufzte. Cleo hatte recht. Auch wenn es ganz lustig war, die Jungs bei ihren Verfolgungsaktionen an der Nase herumzuführen, war es extrem lästig, ihretwegen nicht mehr aufs Dach zu können. Was brachte es ihnen, das beste Hauptquartier der Welt zu haben, wenn sie es nicht mehr betreten konnten?

„Ich hab eine Idee!“, sagte Elif. „Was, wenn wir trotzdem aufs Dach gehen, aber halt zu einer Zeit, in der sie uns bestimmt nicht folgen?!"

„Aber wann soll das sein?", fragte Cleo. „Sie verfolgen uns doch ständig."

„Außer …", setzte Elif an und zwinkerte verschwörerisch.

„… außer zu einer Zeit, zu der wirklich niemand damit rechnen würde!", beendete Lele den Satz. „Das ist genial, Elif!"

„Ah okay", sagte Cleo. „Ihr meint zum Beispiel abends?"

„Genau. Oder in der Nacht!" Lele war ganz aus dem Häuschen. Mitten im Satz war sie stehen geblieben und verkündete feierlich: „Queens, ich würde sagen, es ist wieder mal Zeit für eine … Übernachtungsparty!"

„Du meinst, wir machen die Übernachtungsparty …", Cleo hielt kurz inne, senkte ihre Stimme und flüsterte: „… auf dem Riesenrad[3]?!"

Lele nickte stürmisch.

„Ich liebe Übernachtungspartys!", jubelte Cleo.

„Das ist es!", rief Elif.

3 *Riesenrad* ist natürlich Geheimsprache und bedeutet *Dach*.

Lele grinste. „Dann brauchen wir nur noch ein Geheimwort für unsere nächtliche Mission."
„Stimmt!", sagte Elif. „Das hat absolute Priorität[4]!"
„Wie wär's mit …", Lele blickte sich um. Vor ihr lag nur der altbekannte Schulhof. Kein echter Ort der Inspiration.
„… Pausenbrot?!"
Cleo und Elif verzogen das Gesicht.
„Okay, okay!" Lele lachte. „Das war vielleicht noch nicht der ultimative Vorschlag."
Sie überlegten weiter.
„Fernsehabend!", schlug Cleo vor.
Das wiederum fanden Lele und Elif nicht so überzeugend.
„Das führt doch zu Verwechslungen. Was, wenn wir wirklich mal abends zusammen fernsehen wollen?", wandte Elif ein.
Wieder blickten sie ratlos um sich. In der hinteren Ecke des Schulhofes fingen ein paar Schüler an, Basketball zu spielen.

Cleo schaute ihnen neidisch zu. „Mensch, mir fehlt mein Skateboard", maulte sie. „Ich spür schon, wie meine Knochen einrosten!"
Cleo war vor ein paar Tagen etwas zu wild mit ihrem Skateboard über eine Treppenstufe gefahren, wobei sich eine

4 Wenn etwas Priorität hat, ist es wichtiger als alles andere.

Rolle gelöst hatte. Seitdem war es kaputt. Ihr Vater hatte zwar versprochen, das Brett so schnell wie möglich zu reparieren. Aber da er woanders wohnte, sah sie ihn nur jedes zweite Wochenende. Es konnte also dauern, bis sie das Skateboard wiederkriegen würde.

„Mach doch Morgengymnastik, wenn du dich mehr bewegen willst. Das macht meine Mama auch jeden Tag", sagte Lele und fügte schnell hinzu: „Scherz!"

„Das ist es!", rief Elif aufgeregt. „Morgengymnastik!"

„Oh nein, bitte nicht. Das ist ja wie Frühsport", stöhnte Cleo und verzog das Gesicht.

„Ich meine doch als Geheimwort!", flüsterte Elif und schaute dabei über ihre Schulter, um sicherzugehen, dass sie nicht belauscht wurden.

„Ach so …" Cleo war sichtlich erleichtert.

„Perfekt!" Leles Augen funkelten vor Begeisterung. „Die Mission Morgengymnastik kann beginnen!"

Die drei hoben ihre Hände zum Queens-Handschlag: Pling!

„Die ganze Aktion muss auf jeden Fall sehr gut durchdacht werden", sagte Elif.

Lele senkte ihre Stimme zu einem Flüstern: „Vor allem darf niemand etwas davon mitbekommen."

„Genau. Auch unsere Eltern nicht!", sagte Cleo mit Nachdruck.

„Die auf keinen Fall!“ Lele nickte zustimmend. „Sonst erfahren sie ja von unserem Geheimversteck!“
„Wir brauchen also einen Geheimclub-Geheimplan!“ Cleos Augen leuchteten.
„Eine Schritt-für-Schritt-Planung“, sagte Elif ganz fachmännisch.
„Kurz: Wir brauchen Listen!“, rief Lele.
Zum Glück hatten die drei ja noch einige Minuten Pause, bevor es zur nächsten Stunde klingelte. Sofort setzten sie sich auf die Treppenstufen vor dem Haupteingang und schrieben drauflos.

WICHTIGE UTENSILIEN für die Morgengymnastik

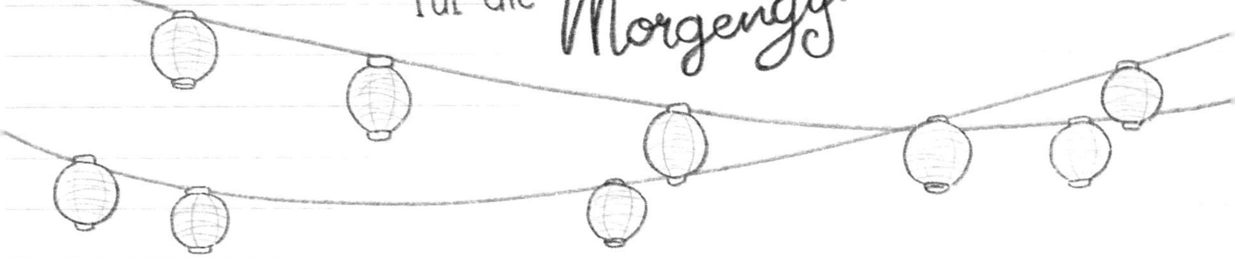

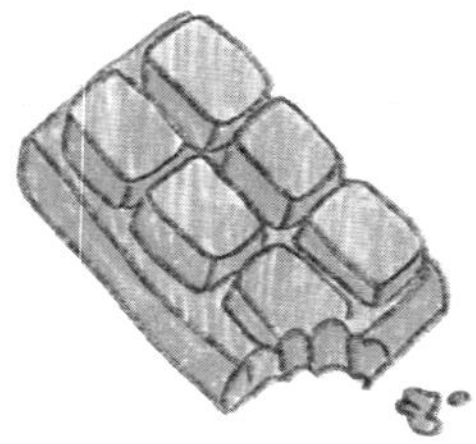

Ganz viel leckeres Essen und Trinken!

Warmen Tee (oder Kakao!)

Viele kuschelige, warme Decken

Unsere Pyjamas

Isomatten (Yogamatten von Cleos Mama gehen bestimmt auch)

Schlafsäcke

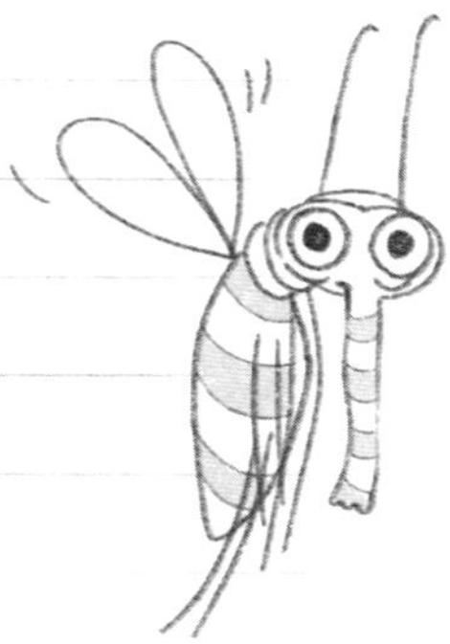

Ein Buch mit Gruselgeschichten, aus dem wir uns gegenseitig vorlesen können

Eine Softeismaschine, damit immer für frischen, kalten Eis-Nachschub gesorgt ist (okay, okay, ansonsten reicht auch eine Packung Gummibärchen)

Anti-Mücken-Spray

Eine Lichterkette für schöne Stimmung

Spiele

Elifs neue Stirnlampe!

KUSCHELDECKE und GUMMIBÄRCHEN – was brauchst du für deine ultimative Übernachtungsparty?

Kakao warme
Dekken Lichterketten
Süseß und Saures
Filme Ant Mücken
Spray Ei chips
Popcorn Pyjamas

schlafmützen

4. Endlich kein Alien mehr!

Als Lele zu Hause war, fläzte sie sich auf ihr Bett und verzierte die Morgengymnastik-Liste mit kleinen, bunten Zeichnungen. Plötzlich klopfte es an der Tür ihres Kinderzimmers und ihre Mutter Lynn streckte den Kopf herein. Lele war sich nicht sicher, ob Lynns Gesichtsausdruck etwas Gutes oder etwas Schlechtes verheißen sollte – so komisch guckte sie. Normalerweise wusste Lele sofort, was im Kopf ihrer Mutter vorging. Aber dieses Mal konnte sie ihren Blick einfach nicht deuten.
„Was ist denn?“, fragte sie darum vorsichtig und setzte sich auf.
„War da nicht noch was?“, fragte Lynn zurück und lehnte sich mit verschränkten Armen an den Türrahmen.
Lele überlegte scharf. Hatte sie irgendwas angestellt, was sie selbst schon wieder vergessen hatte? Sie konnte sich beim besten Willen nicht erinnern.
„Krieg ich einen Tipp?“, fragte sie zaghaft.

„Ja, gut.“ Lynn nickte.
„Ist es was Gutes oder was Schlechtes?“
Lynn lachte auf. „Warum denn was Schlechtes? Hast du mir etwa was zu beichten?“
Schnell schüttelte Lele den Kopf und atmete erleichtert auf. Sehr gut, dann war ja schon mal kein Ärger in Sicht.
„Also was Gutes!“ Sie verzog grübelnd das Gesicht.
„Ich geb dir noch einen Tipp: piep, piep!“
Lele machte große Augen. „Wir bekommen einen *Vogel*?“
Wieder musste Lynn lachen. „Okay, okay, ich gebe zu, dieser Hinweis war etwas irreführend. Entschuldigung. Anyway …“
„*Anyway*“, wiederholte Lele und verdrehte gespielt genervt die Augen. „Dein Ernst? Ihr sagt immer, wir Kinder würden nicht mehr richtiges Deutsch sprechen, dabei seid ihr Erwachsenen ja wohl kein bisschen besser!“
Lynn seufzte. „Da hast du vollkommen recht. Das Schlimmste daran ist ja, dass ich es selbst gar nicht mehr merke, wenn ich englische Wörter benutze. Zum Glück hab ich da dich, die keine Gelegenheit auslässt, mich darauf aufmerksam zu machen.“

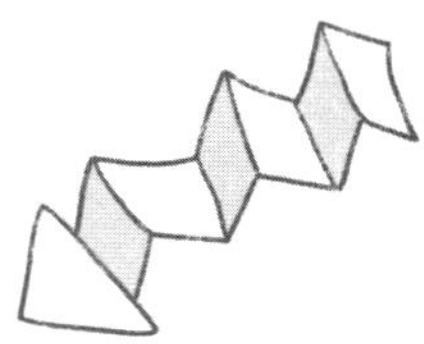

„Immer zu Ihren Diensten, Sir!“, sagte Lele und hob ihre Hand wie zu einem militärischen Gruß an die Stirn.
„Aber was ist es denn jetzt?“
„Okay, nächster Tipp“, sagte Lynn schmunzelnd. „Ring, ring!“

Lele öffnete ihren Mund und klappte ihn, ohne ein Wort zu sagen, wieder zu.

Lynn lachte. „Na, dass es dir mal die Sprache verschlägt, hätte ich auch nicht ge…" Weiter kam sie nicht, denn sie wurde von Lele, die unterdessen von ihrem Bett aufgesprungen war, fast zerdrückt, so fest umarmte Lele sie.
„Ein Handy! Mein Handy! Oh danke, Mama!", rief sie.
„Schon gut", sagte Lynn und versuchte, sich aus Leles Umklammerung zu befreien. Dann zog sie ein Smartphone aus ihrer Hosentasche hervor und überreichte es Lele. „Das ist mein altes. Du weißt ja, dass es ein paar Macken hat. Also zum Beispiel musst du aufpassen, wenn jemand anruft. Es kann nämlich sein, dass du den Ton nicht mehr abstell…"
Wieder kam Lynn nicht weiter, denn schon winkte Lele ab.
„Ja, ja. Ein paar Macken. Alles klar. Hauptsache, ich hab endlich ein Handy!" Sie sprang vor Freude in die Luft.
Lynn musste wieder lachen. „Eine rundum zufriedene Tochter. Was wünscht man sich mehr?"
„Fast!", wandte Lele ein. „Da wäre nur noch eine klitzekleine Kleinigkeit."
Lynn verschränkte wieder die Arme vor der Brust. Sie schien wohl zu erwarten, dass Lele ihr gleich doch noch etwas beichten würde.

Stattdessen wollte Lele wissen, ob sie am Samstag eine Übernachtungsparty machen dürfe. Natürlich zusammen mit Cleo und Elif. „Bitte, bitte, bitte! Und wir werden auch wirklich total brav sein!“ Wie zum Beweis setzte Lele eine Unschuldsmiene auf.

Lynn hob verwundert die Brauen. „Was sollte denn dagegensprechen? Das habt ihr doch schon ganz oft zusammen gemacht. Oder … führt ihr etwa was im Schilde?“ Sie kniff misstrauisch ihre Augen zusammen.
„Nein! Natürlich nicht!“, rief Lele schnell.
Vielleicht etwas zu schnell. Sie blickte in Lynns skeptisches Gesicht und schluckte. Wie doof von ihr! Da schöpfte ihre Mutter keinerlei Verdacht, aber sie, Lele, musste sich so auffällig benehmen, dass Lynn von sich aus ins Grübeln kam. Bescheuert!
Lynn versuchte einen Moment lang noch, an Leles Gesichtsausdruck etwas Auffälliges zu entdecken, doch dann schien sie ihren Verdacht aufzugeben. „Und *wo* wollen die drei Wildfänge Party machen?“
„Wildfänge“, wiederholte Lele und verdrehte die Augen. Dann stockte sie. Mist! Wo die drei Queens übernachten wollten (nur vorgeblich natürlich), hatten sie noch gar nicht abgesprochen. Lele blieb nichts anderes übrig, als sich schnell irgendwas einfallen zu lassen. „Bei Elif“, sagte sie, ohne zu

überlegen. Und um davon abzulenken, dass sie das gerade erst erfunden hatte, fügte sie schnell hinzu: „Und dieses Mal kann ich dir ja sogar Fotos schicken!“ Stolz schwenkte sie ihr Handy in der Luft hin und her.
„Okay! Ich nehm dich beim Wort!“, sagte Lynn. „Das ist ja die beste Idee überhaupt! Sehr schön!“
Lele stockte. Erst jetzt wurde ihr klar, was für ein doofer Vorschlag das mit den Handyfotos war! Wie sollte sie Lynn Fotos von einer Übernachtungsparty schicken, die so ja gar nicht stattfinden würde, weil die Queens doch auf dem Dach sein würden und gar nicht bei einer von ihnen zu Hause? Aber für diese Erkenntnis war es nun definitiv zu spät.

„Je länger ich darüber nachdenke, desto besser finde ich die Idee mit deinem eigenen Handy.“ Lynn lächelte Lele zufrieden an, gab ihr einen Kuss auf die Stirn und verließ das Zimmer.
Lele blieb allein zurück und stöhnte: Na toll, da hatte sie sich ja was Schönes eingebrockt!

Am nächsten Morgen auf dem Schulweg besprachen die Queens die Übernachtungsplanung. Schließlich musste jede von ihnen zu Hause eine stichhaltige Geschichte darüber erzählen können, wo sie die

Nacht von Samstag auf Sonntag verbringen würde. Der Plan der Mädchen war, dass Cleo ihrer Mutter ebenfalls sagen sollte, sie würde bei Elif übernachten. Und Elif würde behaupten, bei Lele zu schlafen. Da Lele und Cleo in derselben Straße wohnten, war die Chance größer, dass sich ihre beiden Mütter über den Weg liefen. Falls sie dann miteinander über die Übernachtung sprechen sollten, würden sich die Geschichten von Cleo und Lele decken. Die Wahrscheinlichkeit, dass ihre beiden Mütter Elifs Eltern begegneten, war hingegen eher gering.

Ganz abgesehen davon hatten die Queens schon öfter gemeinsame Pyjama-Partys veranstaltet und bei einer von ihnen übernachtet. Es gab also eigentlich keinen Grund, weshalb ihre Eltern misstrauisch werden sollten.

„Ich freu mich ja so!“, sagte Cleo, nachdem sie alles besprochen hatten.

„Und ich erst!“, stimmte ihr Lele freudestrahlend zu.

Elif sagte nichts. Sie guckte skeptisch und horchte.

„Was hast du?“, fragte Lele verwundert. Dann ging ihr ein Licht auf. „Wiesel-Alarm?“, flüsterte sie und folgte Elifs Blick. Elif schüttelte den Kopf. „Ich dachte erst, dass ich was gehört hätte. Aber wahrscheinlich war's nur der kleine Spatz da.“ Sie nickte in Richtung eines kleinen Vogels, der in einer Hecke Platz genommen hatte.

Alle drei Mädchen blickten nochmals aufmerksam um sich. Es war aber weder etwas Auffälliges zu sehen noch zu hören. Sie liefen weiter.
„Ich freu mich auf jeden Fall auch sehr auf Samstag!“, nahm Elif das Gespräch wieder auf. „Wir haben sowieso schon viel zu lange keine Übernachtungsparty mehr gemacht.“
„Du hast absolut recht“, pflichtete ihr Cleo bei. „Dabei liebe ich es, bis spät in die Nacht mit euch zu quatschen und zu essen. Und dieses Mal sind wir dabei sogar draußen!“
„Und genau darum liebe ich Morgengymnastik!“, sagte Lele und musste über Cleos schwärmerischen Ton lachen.
Vergnügt betraten die drei den Schulhof, der noch fast leer war. Sie waren heute extra ein wenig früher losgelaufen, um noch vor der ersten Schulstunde eine ihrer tollsten Listen weiterzuführen: die *Tops und Flops* der Woche!
Sie setzten sich auf die Schulmauer, beugten sich über ihr LwD-Buch und begannen einen neuen Eintrag. Die *Tops und Flops* der Woche halfen ihnen nicht nur, sich Gedanken über die letzten Tage zu machen, sondern waren auch eine schöne Möglichkeit, den anderen von Ereignissen zu erzählen, die sie sonst vergessen hätten. Vor allem aber waren diese wöchentlichen Listen wie Tagebucheinträge, die die Queens gerne immer mal wieder durchlasen.
Die Liste von dieser Woche sah am Ende so aus:

TOPS und FLOPS der WOCHE

Leles Top: Ich habe endlich auch ein Smartphone und fühle mich nicht mehr wie ein Alien auf diesem Planeten. ☺
Leles Flop: Mama hat nächste Woche Geburtstag und ich hab trotz stundenlangem Überlegen noch immer keine Idee, was ich ihr schenken könnte. Das Einzige, was ich bis jetzt im Angebot hätte, ist ein wirklich schönes Bild, an dem ich stundenlang gemalt habe – um es dann mit Kakao zu bekleckern. ☹ Jetzt sieht es aus wie „moderne Kunst" und wenn ich es Mama schenken würde, würden alle denken, ich hätte nicht mehr alle Tassen im Schrank. ☹☹

Cleos Top: Ich hab beim Skateboarden das erste Mal den Kickflip geschafft!
Cleos Flop: Mein kleiner, blöder Skateboardunfall, der mir nicht nur ein paar Schrammen, sondern vor allem auch ein kaputtes Skateboard eingebracht hat.

Elifs Top: Ich habe eine total tolle Quiz-App entdeckt und Devin schon dreimal hintereinander geschlagen. ☺
Elifs Flop: Ich bin mit meinen neuen Sneakers in einen Haufen Hundekacke getreten. ☹

Deine TOPS und FLOPS der letzten Zeit

Ich kriege ein Trampolin
mein Zimmer ist ein Partyraum

Die air up muste ich zurück schicken
Ich will nicht mehr mit Nisagül Freundesein

Die Mädchen waren so sehr in ihre Liste vertieft, dass sie das Läuten der Schulglocke fast überhört hätten. Schnell sprangen sie auf und liefen auf das Schulgebäude zu. Herr Arnold hatte eine Mathearbeit für die erste Stunde angekündigt, da hatte keine von ihnen Lust, zu spät zu kommen. Denn für die Matheprüfungen von Herrn Arnold konnte man jede Minute gebrauchen. Vor allem seine Textaufgaben waren immer viel zu lang und voll mit komplizierten Ausführungen, die kein Mensch brauchte. Dafür aber waren sie auch immer ziemlich witzig – und drehten sich seit Neuestem hauptsächlich um das Thema *Baby*.

Während sie die Treppe hochliefen, fing Cleo plötzlich an zu kichern. „Ich wette, der Test beginnt mit den Worten: Schnuller-Alarm! Wenn ein Schnuller einen Euro fünfzig kostet und du für vier Babys jeweils zwei Schnuller kaufen musst, wie viel kosten dann alle Schnuller zusammen?"

Elif lachte. „Oder: Wenn du einen Babybrei aus 200 Gramm Karotten, 150 Gramm Haferflocken und 100 Gramm Fenchel zubereitest …"

Lele unterbrach sie. „… wer muss dann am Ende diese eklige Matschepampe essen?"

Die drei hielten sich den Bauch vor Lachen.

„Vielleicht gibt es auch eine Aufgabe mit vollen Windeln“, schlug Cleo vor.
„Bäh! Voll eklig!“ Elif verzog angewidert das Gesicht.
„Genau!“ Lele versuchte, ein ernstes Lehrergesicht aufzusetzen. „Was ergeben drei volle Windeln, fünf schreiende Babys und sieben vollgesabberte Strampler?“
„Ein absolutes Chaos!“, riefen Elif und Cleo im Chor.
Immer noch lachend kamen sie gerade noch rechtzeitig im Klassenzimmer an, denn Herr Arnold war bereits dabei, die Klassenarbeit zu verteilen. Lele blickte auf die erste Aufgabe. Sie begann mit den Worten: *Wenn in einem Krankenhaus an einem Tag drei Säuglinge und am darauffolgenden Tag vier Säuglinge auf die Welt kommen …* Lele lachte leise und zwinkerte Elif und Cleo zu, die ebenfalls grinsten. Sie wusste, dass ihre zwei Freundinnen dasselbe dachten wie sie: Herr Arnold war echt unterhaltsam – sogar dann, wenn er es gar nicht darauf angelegt hatte.

5. K wie ~~Kings~~: Komplikationen mit Knoblauchgeruch

„Da stimmt doch was nicht. Kein Wiesel weit und breit“, raunte Lele ihren Freundinnen zu, als sie später auf dem Nachhauseweg waren.

Verstohlen blickten die drei über die Schulter. Tatsächlich schienen ihnen die Kings einmal nicht auf den Fersen zu sein.

„Vielleicht haben sie ja die Verfolgung aufgegeben“, sagte Elif.

„Die? Niemals!“ Cleo schüttelte den Kopf.

Lele stimmte Cleo zu. „Ganz abgesehen davon haben sie sich heute in der Schule schon die ganze Zeit so merkwürdig verhalten. Habt ihr gesehen, wie sie die Köpfe zusammengesteckt und gegrinst haben?“

Die anderen zwei nickten nachdenklich.

„Die hecken bestimmt was aus“, sagte Elif.

„Aber was?" Cleo sah die beiden fragend an.
„Das sollten wir auf jeden Fall herausfinden!" Lele setzte einen entschlossenen Blick auf.
„Und weil wir wissen, wo ihr Geheimversteck ist, *sie* aber nicht wissen, dass wir das wissen, haben wir die besten Voraussetzungen für eine unauffällige Spionage-Aktion!" Elif schaute Lele und Cleo triumphierend an.
„Sehr gut!", rief Cleo. „Nach dem Abendessen?"
„Perfekt!", jubelte Lele. „Dann starten wir unsere kleine, feine Operation Knoblauch!"
„Knoblauch?" Elif war verwirrt.
„Ist mir grade so eingefallen." Lele grinste verschmitzt. „*Knoblauch* als Geheimwort für die Kings! Ich finde, es ist an der Zeit, ein Codewort für die Jungs einzuführen."

„*Knoblauch* ist super! Wunderbar unauffällig und total verwirrend zugleich. Gefällt mir!", sagte Elif und auch Cleo nickte verschmitzt.
„Also dann bis nach dem Abendessen!", rief Lele, nachdem sie sich mit einem „Pling" von ihren Freundinnen verabschiedet hatte.

Zur vereinbarten Zeit trafen sich die drei Queens vor dem Kellerfenster des King-Verstecks. Tatsächlich saßen die drei

Jungs in ihrem Verschlag und schienen etwas zu besprechen.
„Okay, fassen wir mal zusammen, was wir wissen", sagte Devin in dem Moment. „Nummer eins: Sie steigen vom Dachboden von Cleos Haus aus auf das Dach. Nummer zwei: Sie müssen irgendwas benutzen, um bis zum Dachfenster an der Decke zu gelangen. Eine Leiter oder Ähnliches. So weit, so leicht. Nun kommt aber Nummer drei – und das war bis jetzt unser Hauptproblem: Die Queens haben das Fenster zur Dachluke so gut mit verschiedenen Schlössern gesichert, dass man es ohne die dazugehörigen Schlüssel nicht aufbekommt."
„Ja, diese dummen Schlösser! Wenn die nicht wären, hätten wir das Dach schon längst in unseren Händen. Und dann sind es gleich noch drei, als ob eins nicht genug gewesen wäre!", schimpfte Loris.
Lele, Cleo und Elif grinsten sich an und mussten aufpassen, dass sie nicht laut kicherten. Die Idee, ganze drei Schlösser zu nehmen, um das Dachfenster abzuriegeln, war ihnen erst vor Kurzem gekommen, als die Jungs angefangen hatten, ihnen ununterbrochen hinterherzuschleichen.

Erhöhte Sicherheitsvorkehrungen hatte Elif das genannt. Wie es aussah, schien es sich ausgezahlt zu haben.
Unten im Keller war Kolja unterdessen aufgestanden. „Und

Nummer vier: Sie wollen am Samstag auf dem Dach übernachten. Und das ist unsere Chance!"
„Genau!", jubelte Loris.
Die drei Jungs lachten und gaben sich High Five. Draußen, vor dem Kellerfenster, blieb den Queens für einen Moment die Spucke weg.
„Die wissen von unserer Übernachtungspar… äh … ich mein, von unserer Morgengymnastik?!", flüsterte Cleo und machte große Augen.
„Die müssen uns belauscht haben!", raunte Lele.
„Vielleicht heute Morgen auf dem Schulweg", spekulierte Elif.
„So ein Mist!" Lele schimpfte leise vor sich hin.
„Kommt, wir hören mal weiter zu", sagte Elif und nickte Richtung Kellerfenster.
Sie spitzten wieder ihre Ohren, aber die Jungs hatten bereits das Thema gewechselt. Sie konnten sich nicht entscheiden, ob sie zum Bolzplatz oder zur Tischtennisplatte wollten.

„Und jetzt?", fragte Cleo geknickt, als die drei Mädchen kurz darauf die Weberstraße hinunterschlenderten.
Lele zuckte mit den Achseln. „Wir könnten die Übernachtung natürlich verschieben."
„Damit würde die ganze Planung mit den Eltern von vorne losgehen", gab Cleo zu bedenken.

Lele war sauer. Jetzt hatten sie sich so gut vorbereitet und so gefreut, und nun das!

„Vielleicht ist das gar nicht so schlimm, wie es auf den ersten Blick aussieht", beruhigte Elif die beiden. „Wir müssen den Spieß einfach nur umdrehen!"

Lele und Cleo runzelten die Stirn und sahen Elif fragend an.

„Wenn die uns angreifen wollen, dann greifen wir einfach zuerst an!", erklärte die grinsend.

„Eine sehr gute Idee! Angriff ist ja bekanntlich die beste Verteidigung!" Lele musste an ihre gleichlautende Mutmach-Botschaft denken, die Frau Sander damals gefunden hatte. Erst dank dieser Botschaft hatte die Referendarin es geschafft, ihren Schülerinnen und Schülern zu zeigen, dass sie eine gute Lehrerin sein konnte.[5]

„Richtig." Elif nickte zustimmend. „Wir müssen schließlich unser Territorium[6] verteidigen. Das ist nichts anderes als Notwehr."

„Und das könnte sogar ziemlich viel Spaß machen!", sagte Lele und grinste.

5 Nachzulesen in Band 1: „Keine Kings im Hauptquartier!"

6 Gebiet, Herrschaftsbereich

Weil es inzwischen schon ziemlich spät war, beschlossen die drei, mit ihren Riesenrad-Verteidigungsplänen erst am nächsten Tag zu beginnen. Dafür musste einmal mehr Herrn Arnolds Unterricht herhalten. Dass sie sich erst vor ein paar Tagen geschworen hatten, während seinen Stunden keine Listen mehr zu schreiben, hatten die Queens total vergessen. Sie sprudelten nur so vor Einfällen und merkten gar nicht, dass sie immer lauter wurden.

„Ruhe!", brüllte Herr Arnold. Er versuchte, seine Stimme extra tief klingen zu lassen, wie immer, wenn er ein ernstes Wörtchen reden musste – etwas, was ihm ziemlich schwerfiel und im Grunde auch überhaupt nicht zu ihm passte. „Ihr stört die anderen", fügte er hinzu.

„Genau. Wir wollen hier nämlich was lernen", rief Kolja von hinten.

Die anderen Schülerinnen und Schüler lachten. Auch Herr Arnold grinste und kam für einen Moment aus dem Konzept. Alle wussten, dass Kolja nicht gerade zu den fleißigsten Schülern gehörte – eher im Gegenteil.

„Entschuldigung! Wird nicht wieder vorkommen", sagte Lele schnell. Dabei machte sie mit der Hand eine Geste, als ob sie ihren Mund mit einem unsichtbaren Schlüsselchen verschließen würde.

Herr Arnold schien zufrieden zu sein und machte mit dem Unterricht weiter.
In dem Moment fiel Leles Blick auf das LwD-Buch, das ihr Cleo in der Zwischenzeit zurück auf ihre Tischseite geschoben hatte. Lele las ihren letzten Eintrag: *Den schlafenden Herrn Arnold als Schreckgespenst auf den Dachboden legen. Dieses Schnarchen hat noch jeden in die Flucht geschlagen!* Lele musste so lachen, dass sie mitsamt dem Stuhl umkippte.
Das war zu viel für den armen Herrn Arnold. „Leonie Lemke, das reicht! Ab nach hinten mit dir!"
Ohne sich zu beschweren, packte Lele ihre Sachen zusammen und lief in die hinterste Reihe. Sie kannte das ja schon – und wenn sie ehrlich war, musste sie zugeben, dass Herr Arnold dieses Mal mit dem Versetzen nicht ganz unrecht hatte. Kaum saß sie auf ihrem Stuhl, drehten sich Kolja, Loris und Devin zu ihr um.

„Die Queens glauben, sie wären schlau. Aber wir sind schlauer!", flüsterte Kolja.
Loris und Devin lachten hämisch.
Lele verzog keine Miene. Stattdessen antwortete sie kühl: „Wer zuletzt lacht, lacht am besten." Das war auch so ein Sprichwort, das sie mal gehört hatte. Es schien ihr gerade ganz passend. Ohne die drei weiter zu beachten, blickte sie über sie hinweg zur Tafel.

Gerade wollte Kolja zu einer Antwort ansetzen, da rief Herr Arnold: „Kolja, hier vorne spielt die Musik! Wenn du nicht augenblicklich nach vorne schaust und still bist, setze ich dich neben Leonie!“
„Bitte alles, nur das nicht!“, rief Kolja gespielt entsetzt.
Wieder lachte die ganze Klasse.
„Womit hab ich euch zwei bloß verdient?“, fragte Herr Arnold kopfschüttelnd.
„Sie haben eben besonders viel Glück“, antwortete Lele.

Herr Arnold lächelte müde und gab einen lauten Seufzer von sich. Lele kannte das schon und wusste, was es zu bedeuten hatte: Wenn sie jetzt nicht ruhig war, würde es nicht mehr lange dauern, bis ihr Lehrer wirklich die Nerven verlieren würde. Das wollte sie auf keinen Fall. Sie riss sich zusammen und schaffte es, die nächsten Minuten nicht nur ganz ruhig zu sein, sondern sogar tatkräftig am Unterricht teilzunehmen. Die Liste musste halt bis zur nächsten Pause warten.

Kaum hatte es geklingelt, suchten sich die Queens auch schon eine ruhige Ecke auf dem Schulhof, steckten ihre Köpfe zusammen und lasen alle Punkte, die sie bereits zusammengetragen hatten, noch mal durch.

ANGRIIIIIIIIFF –
denen werden wir's zeigen!

HIHI ☆

Den Keller ausräuchern: Das soll ihnen eine Lehre sein!

Oder eine Stink-Attacke!
Faule Eier sollen ganz schön fies sein …

Wir spannen durchsichtige Schnüre über die Treppe, damit sie gar nicht erst bis zum Dachboden hochkommen.

Schmierseife auf dem Boden: Achtung, Rutschgefahr!

Wir überraschen sie mit Wassereimern: Plitschplatsch und die Jungs sind nass!

Wir verwandeln den Dachboden in eine Geisterbahn. Grusel-Alarm garantiert!

NICHT MIT UNS!

Den schlafenden Herrn Arnold als Schreckgespenst auf den Dachboden legen. Dieses Schnarchen hat noch jeden in die Flucht geschlagen!

Bei der Vorstellung, wie sie die Jungs erschrecken und davonjagen würden, kriegten sich die drei vor Lachen kaum mehr ein.
„Passt auf!“, flüsterte Cleo plötzlich. „Hier stinkt es gleich nach Knoblauch!“ Sie nickte mit ihrem Kopf leicht nach rechts.
Als Lele ihrem Blick folgte, sah sie die Kings nur wenige Meter von ihnen entfernt stehen.
„Ich schlage vor, dass wir unsere Besprechung unter diesen Umständen auf nach der Schule vertagen“, murmelte Elif.
„Du hast recht. Wir können nicht vorsichtig genug sein.“ Lele klappte schnell das LwD-Buch zu.

Die nächsten Stunden hatten sie bei Frau Sander. Lele mochte die junge Referendarin. Sie war immer nett und gerecht zu allen, und seit sie die Klasse im Griff hatte, machten auch die Stunden bei ihr Spaß – meistens zumindest. Jedenfalls hatten die drei Queens einstimmig beschlossen, auch dem Unterricht von Frau Sander ihre volle Aufmerksamkeit zu schenken und alle weiteren Listen außerhalb der Schulstunden zu schreiben. Als es zur Pause klingelte und alle Richtung Tür liefen, erhaschte Lele zufälligerweise einen Blick auf Frau Sanders Schreibtisch. Darauf lag ein aufgeschlagenes

Notizbuch, voll mit kleinen Notizen, deren Buchstaben kunstvoll geschwungen waren. Es sah sehr, sehr schön aus. Lele blickte kurz nach links und rechts, um sicherzugehen, dass niemand sie bemerkte. Aber ihre Mitschüler waren bereits aus dem Klassenraum verschwunden, und Frau Sander hatte dem Pult den Rücken zugedreht und putzte die Tafel.
Lele trat näher und besah sich bewundernd die schön geschriebenen Worte. Sie las den ersten Satz auf der Seite: *Wenn du jemanden ohne Lächeln siehst, schenke ihm deins.* Lele blickte hoch zu ihrer Lehrerin, die sich in dem Moment zu ihr umdrehte. Sofort trat Lele einen Schritt vom Tisch zurück.

„Alles in Ordnung, Leonie?", fragte Frau Sander verwundert.
„Ja klar, alles bestens", sagte Lele schnell und grinste verlegen.
„Na dann, bis gleich nach der Pause." Frau Sander lächelte ihr zu.
Lele nickte und lief aus dem Klassenzimmer. Sie konnte es nicht fassen. Frau Sander schrieb auch Mutmach-Botschaften! Oder zumindest sammelte sie schöne, kluge Sätze. Leles Herz hüpfte vor Freude über diese heimliche Entdeckung.

Nach Schulschluss blieben die Queens in der Schule, um sich endlich ungestört zu besprechen. Dieses Mal wollten sie sichergehen, dass die Kings sie nicht wieder heimlich belauschten. Darum warteten sie so lange, bis die Jungs hinter der ersten Straßenbiegung verschwunden und auch nach einer Minute nicht wiederaufgetaucht waren. Erst dann setzten sie sich auf die Schulmauer. Lele legte sich auf den Rücken und streckte sich aus. Die Steine waren angenehm warm.

Während sie in die Spätnachmittagssonne blinzelte, las Elif alle Ideen, die sie aufgeschrieben hatten, noch mal vor.

„Ich finde die Geisterbahn am besten", sagte Cleo, als Elif zu Ende gelesen hatte.

Elif nickte. „Ich auch. Ich will, dass die Kings sich ganz fürchterlich gruseln!"

Lele setzte sich auf, hüpfte von der Mauer und klatschte in die Hände. „Dann lasst uns den Grusel beginnen! Was brauchen wir denn alles für so eine richtig schöne Horrornacht?"

„Eklige Tiere!", schlug Cleo vor.

„Spinnen!", sagte Elif und schüttelte sich.

Lele schlug eine neue Seite im LwD-Buch auf und fing an, alles zu notieren. Kurze Zeit später hatten die Queens ihre Liste zusammen.

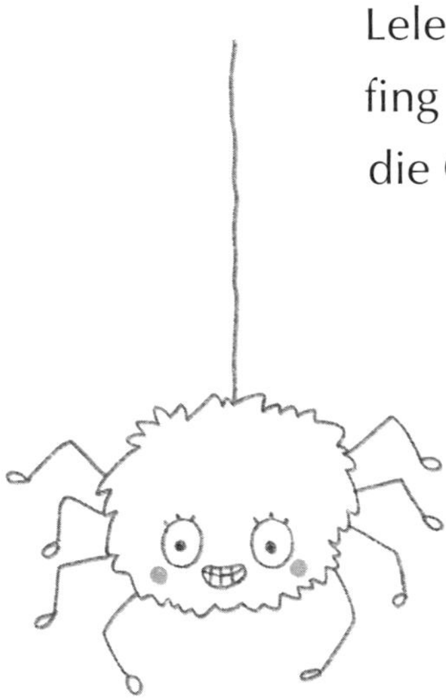

Die große GRUSEL-AKTION oder: Was uns *ekelt und erschreckt* – und sicher auch jeden KNOBLAUCH das Fürchten lehrt!

Eklige Tiere! Spinnen und Würmer!

Überhaupt alles, was krabbelt: Käfer, Wanzen, Kellerasseln

Ratten

Alle Tiere, die nur in der Nacht auftauchen

→ **Fledermäuse und Eulen**

Vampire Zombies

Ein Spukschloss! (oder wenn wir keins haben, wenigstens ein Spukzimmer?)

→ *Und was ist mit den guten, alten Spukgeistern?*

Glibberiger Glibber-Schleim (ist hier ein Alien durchspaziert?)

Skelette

Totenschädel!

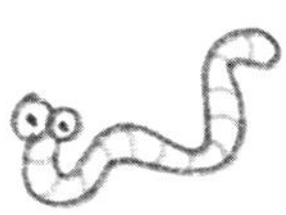

Wieder zu Hause wühlte Lele sofort im Schrank ihrer Mutter – etwas, was ihr eigentlich nicht erlaubt war. Aber das war ihre Chance, endlich mal das Fledermaus-Outfit von Lynn anzuziehen, das sie so cool fand – und ihr Lynn nie im Leben freiwillig überlassen hätte. Nach nur kurzem Suchen hielt Lele es in den Händen.
Außer den Kostümen brauchten die Queens auch passendes Gruselzubehör. Zum Glück mochte Lynn Halloween fast genauso sehr wie Lele und so hatte sich im Laufe der letzten Jahre eine ganz ordentliche Sammlung an Gruselutensilien in ihrer Wohnung angesammelt. Die waren bis eben noch in einer Kiste auf Lynns Schrank verstaut gewesen. Nun packte Lele sie in eine Tüte, die sie unter ihrem Bett versteckte.

ZEICHNE ein paar richtig widerliche Sachen ...

6. Knoblauch-Abschreckungsfunde und das Problem mit dem Casus knacksus

Als Lele abends in ihrem Bett lag und über den Tag nachdachte, fiel ihr auf einmal der Spruch wieder ein, den sie heute heimlich bei Frau Sander gelesen hatte. Sie stand noch mal auf, knipste das Licht ihrer kleinen Nachttischlampe an und holte eine farbige Karte und verschiedene Buntstifte aus ihrer Schreibtischschublade. Damit setzte sie sich wieder auf ihr Bett, nahm ein Buch als Unterlage und begann, eine Mutmach-Botschaft zu kritzeln.

Am nächsten Morgen stand Lele früher auf als gewöhnlich.

Eilig suchte sie ihre Hefte zusammen und legte sie in ihren Rucksack. Lynn fand immer, Lele sollte ihre Schulsachen schon am Vorabend packen, damit sie am Morgen weniger Stress hatte. Das hielt Lele grundsätzlich ja für eine richtig gute Idee. Leider

Wenn du
JEMANDEN
OHNE LÄCHELN
siehst,
Schenke ihm
DEINS.

vergaß sie es regelmäßig, wenn Lynn sie nicht daran erinnerte. Gestern war so ein Tag gewesen und Lele musste auf ihrem Schreibtisch wühlen, um alle Hefte, die sie heute brauchte, zu finden. Wichtiger als die ganzen Schulunterlagen war aber das LwD-Buch. Das hatte sie noch nie vergessen – im Gegensatz zum Matheheft, das öfter mal zu Hause liegen blieb. Am Schluss nahm Lele die kleine Botschafts-Karte und legte sie vorsichtig zwischen zwei Schulhefte, damit sie nicht zerknitterte.

„Guten Morgen", sagte Lele fröhlich, als sie in die Küche kam.
Auf dem Küchentisch standen bereits Saft und Cornflakes für sie bereit.
„Guten Morgen." Lynn lächelte ihr kurz zu. Dann nippte sie wieder an ihrem Kaffee und versuchte, nicht zu gähnen. Lele wusste, dass sich ihre Mutter, sobald sie fort war, an den Laptop setzen und in die Tasten hauen würde. Sie war Drehbuchautorin und dachte sich Geschichten für Filme und Serien aus. Für die meisten dieser Filme war Lele noch zu klein, darum wusste sie nicht so genau, was ihre Mutter den lieben langen Tag alles schrieb. Sie war sich aber ziemlich sicher, dass es viel Gruseliges sein musste. Warum sonst hätte sie die Filme nicht sehen dürfen?

„Mama, schreibst du eigentlich auch Gruselgeschichten?", fragte Lele, während sie ihren Saft leerte.

„Was für Gruselgeschichten meinst du?"
„So Horrorsachen halt. Mit Geistern. Oder Zombies."
Lynn lachte. „Eher weniger. Also eigentlich überhaupt nicht. Ich schreib eher über …" Sie überlegte. „… Beziehungen. Also …"
„Du meinst *Liebes*filme?", unterbrach Lele sie und rümpfte die Nase.
Lynn wiegte den Kopf hin und her. „Ja. Auch."
„Wie langweilig!", stöhnte Lele.
Lynn strich ihrer Tochter übers Haar. „Okay, weißt du was? Ich schreib für dich mal eine Gruselgeschichte."
„Cool!" Lele strahlte. Vielleicht konnte sie ihre Mutter ja nach der geplanten Horrornacht für die Jungs mit ein paar Ideen versorgen. Schnell leerte sie ihr zweites Saftglas und stand auf. „Und jetzt muss ich los!"
„Jetzt schon?" Lynn blickte verwirrt auf die Uhr.
„Hab noch was vo-or!", rief Lele, während sie im Flur bereits ihre Schuhe anzog.

Wenig später lief Lele durch die Weberstraße. Sie mochte die Luft am frühen Morgen und sie mochte auch, dass es zu dieser Zeit überall noch so ruhig war. Dass sie so früh und vor allem ohne ihre Freundinnen loszog, hatte seinen Grund. Lele wollte nämlich ihre neue Mutmach-Botschaft deponieren. Die Zettelchen mit den Sprüchen waren ihr Geheimnis. Weder ihre Mutter noch Cleo oder Elif wussten davon. Und sonst natürlich auch keiner. Lele konnte gar nicht so genau sagen, warum sie ihren Freundinnen nie davon erzählt hatte. Die Botschaften waren einfach schon immer ihr Geheimnis gewesen und irgendwie mochte sie das.

Jedenfalls musste Lele jetzt einen geeigneten Ort für den Zettel in ihrem Rucksack finden. Sie streifte eine Zeit lang durch die Straßen und stand, ohne es geplant zu haben, irgendwann vor ihrer Schule. Grübelnd sah sie sich um und suchte nach einem passenden Platz. Das war gar nicht so leicht! Schließlich wollte sie nicht, dass er mit dem nächsten Windzug einfach davonflog. Doch bevor Lele sich entscheiden konnte, betraten bereits mehrere Lehrerinnen und Lehrer den Schulhof. Schnell versteckte sie sich hinter einem Baum, um niemandem zu begegnen und unangenehme Fragen beantworten zu müssen.

Gerade kam von der linken Querstraße ein schwer atmender Herr Arnold um die Kurve geschossen. Er parkte sein Rennrad im Fahrradständer, der direkt neben dem Schultor stand, und nahm seinen Helm ab. Darunter kam ein ziemlich roter

Kopf zum Vorschein. Nun wischte er sich auch noch eine Schweißperle von der Stirn. Er musste ziemlich schnell gefahren sein. Etwas ungelenk schloss er sein Rad ab und ging auf das Schulgebäude zu. Die Fahrradklammer schien er vergessen zu haben. Schläfrig und mit einem abgeklemmten Hosenbein trottete er die wenigen Stufen zum Haupteingang hoch und verschwand im Gebäude.
Weitere Lehrer kamen herbeigelaufen. Gähnend nickten sie einander zu und schlurften müde über den Schulplatz. Es folgte Herr Trapp, einer der Sportlehrer, auf seinem Moped. Lele kannte ihn nur vom Sehen und wann immer sich ihre Wege kreuzten, versuchte sie, einen möglichst weiten Bogen um ihn zu machen. Denn Herr Trapp war nur für eins bekannt: seine schlechte Laune.

In dem Moment kam Frau Sander auf einem Tretroller angerauscht. Mit wenigen Handgriffen klappte sie ihren Roller zusammen und schwang ihn über die Schulter. Dann lief sie neben Herrn Trapp über den Schulhof.
„Schönen guten Morgen!“, begrüßte sie ihn freundlich.
„Morgen“, brummte Trapp grimmig.
„Wie geht es Ihnen?“, fragte Frau Sander.
Trapps Antwort bestand lediglich aus einem Grunzen. Die junge Referendarin blickte ihn mit offenem Mund an.

Offensichtlich war der Ruf des Sportlehrers noch nicht bis zu ihr durchgedrungen, dachte Lele. Die arme Frau Sander verabschiedete sich schnell und suchte eilig das Weite.
Lele hatte noch nie darüber nachgedacht, aber nun schien es ihr, als ob die Lehrer einer Schule im Grunde fast so was wie eine Schulklasse waren. Und wie in einer Klasse üblich gab es welche, die nett und freundlich zueinander waren und sich mochten, und welche, die nichts mit den anderen zu tun haben wollten. Aber auch wenn sie alle zusammen ein zufällig zusammengewürfelter Haufen waren, mussten sie doch miteinander auskommen, fand Lele.

„Schau an, schau an, eine Queen ganz ohne ihre Gefolgschaft. Welch seltener Anblick“, hörte sie in dem Moment eine Stimme neben sich.
Lele wirbelte herum und blickte in Koljas grinsendes Gesicht.
„Na und? Du bist ja auch allein unterwegs“, erwiderte sie schnell.
„Falsch!“, sagte Kolja und deutete mit dem Kopf zum Schulhof. Tatsächlich standen da Loris und Devin und kickten einen Fußball hin und her.
„Soso.“ Lele setzte einen, wie sie fand, ultracoolen Blick auf. „Kings-Geheimtreffen vor der Schule, was?“

„Pah!", sagte Kolja und verdrehte die Augen. „Wir wollen bloß rechtzeitig vor Unterrichtbeginn hier sein. Schule ist nämlich das Allerwichtigste für uns Kings."

„Wer's glaubt …" Lele musste lachen.

Dann wussten beide für einen Moment nicht, was sie sagen sollten. Warum verschwinden alle coolen Sprüche aus dem Kopf, sobald man sie mal wirklich braucht, fragte sich Lele und hatte das Gefühl, ein wenig rot zu werden. Seit sie und Kolja zusammen in einer Putzkammer eingesperrt gewesen waren[7], war irgendwas zwischen ihnen beiden anders geworden. Lele mochte es, Kolja zu necken – und irgendwie mochte sie es sogar, von ihm geneckt zu werden. Die ganze Feindschaft zwischen den Queens und den Kings war ja meistens auch ein großer Spaß. Witzig, unterhaltsam und voller Abenteuer!

„Na dann, bis gleich", sagte Kolja und lief über die Straße Richtung Schultor.

„Ja, klar, bis dann!", rief ihm Lele hinterher und sah erst jetzt, dass mittlerweile auch schon weitere Schülerinnen und Schüler in der Schule eingetroffen waren. Sie musste sich beeilen! Aber wohin nur mit ihrer Mutmach-Botschaft? In dem

7 Die ganze Geschichte dazu in Band 1: „Keine Kings im Hauptquartier!"

Moment fiel ihr das erste Mal der unauffällige, kleine, rote Briefkasten auf, der an der Schulmauer direkt neben dem Eingangstor befestigt war. Jetzt wusste sie, wo ihr Zettel hingehörte: in den Schulbriefkasten! Das war genau der richtige Ort dafür!

Jetzt aber schnell! Lele rannte den ganzen Weg von der Schule zurück bis zur Kreuzung Weber-/Fabrikstraße, wo sie sich jeden Morgen mit Cleo und Elif traf. Die beiden erwarteten sie schon und wunderten sich ein wenig über die Richtung, aus der Lele angelaufen kam.
„Ach", winkte die ab. „Nicht wichtig. Berichtet ihr lieber von euren Knoblauch-Abschreckungsfunden!"
Die anderen beiden Queens hatten in der Zwischenzeit nämlich ebenfalls die Schränke ihrer Eltern durchwühlt und zählten nun auf, welche fantastischen Horrorutensilien sie zusammengetragen hatten. Hinter diesen Punkt der Vorbereitungen konnten sie also einen Haken setzen.
Nun fehlte nur noch der allerwichtigste Teil ihres Plans: den Kings die Info stecken, wann die Queens morgen Abend – vorgeblich! – aufs Dach steigen wollten.
„Das ist auf jeden Fall der Casus knacksus." Elif machte ein nachdenkliches Gesicht.

„Der was?“, fragte Cleo belustigt.
„Der Knackpunkt“, erklärte Elif.
„Ich hab da eine Idee!“ Leles Augen leuchteten auf, als sie gerade das Schulgelände betraten.
„Na dann, erzähl!“ Cleo sah sie erwartungsvoll an.
Aber Lele wurde in dem Moment abgelenkt. Sie hatte nämlich ihren Mutmach-Zettel wiederentdeckt. Er wurde von einer Hand gehalten. Von Herrn Trapps Hand! Der Lehrer stand vor der Turnhalle auf der anderen Seite des Hofes und begrüßte jedes Kind, das auf die Turnhalle zulief, mit einem breiten Lächeln und einem netten *Hallo*. Die Schüler waren so überrascht über seine plötzliche Freundlichkeit, dass sie abrupt stehen blieben und nicht mehr wussten, was sie tun sollten.
„Da hat's ja genau den Richtigen getroffen“, murmelte Lele zufrieden.
„Was für einen Richtigen?“ Elif runzelte verwirrt die Stirn.
„Was ist denn nun deine Idee?“, fragte Cleo ungeduldig.
Gerade setzte Lele dazu an, den beiden ihren Plan zu erklären, da sah sie aus den Augenwinkeln, dass sie von Kolja, Loris und Devin beobachtet wurden. „*Das* erzähl ich euch, wenn wir sicher sein können, dass uns kein Knoblauchgestank umgibt“, sagte Lele.

Hier kannst du alle **FREMDWÖRTER** sammeln, die **ELIF** in diesem Buch benutzt!

Regung

7. Die ultimative 20-Uhr-Falle

Endlich Schulschluss! Hunderte von Schülern strömten vom Schulgelände und freuten sich aufs Wochenende. Lele, Cleo und Elif aber blieben auf dem Schulhof stehen und taten so, als ob sie etwas Wichtiges zu besprechen hätten. Eigentlich aber beobachteten sie die Kings, die ebenfalls auf dem Hof stehen geblieben waren.

„Sie schauen zu uns rüber“, flüsterte Elif.

„Sie wollen halt wissen, wann sie morgen angreifen sollen.“ Cleo kicherte hinter vorgehaltener Hand.

„Dann tun wir ihnen doch den Gefallen!“ Lele grinste und hob fragend die Augenbrauen. „Also, alles wie besprochen?“ Die anderen beiden nickten und die drei Mädchen setzten sich in Bewegung. Sie schlenderten über den Schulhof und täuschten vor, die Kings gar nicht wahrzunehmen, sondern in ein Gespräch vertieft zu ein, während sie in Wahrheit jede Regung der drei Jungs verfolgten.

Tatsächlich dauerte es nicht lange und die Kings liefen ihnen hinterher. Sie taten, als ob sie Fußball spielen würden, aber eigentlich lauschten sie. Davon ging Lele aus, denn die drei redeten kein Wort miteinander. Das Einzige, was Lele hinter ihrem Rücken hörte, war der Ball, der vom einen zum anderen gekickt wurde.

Es war Cleos Aufgabe, die Kings im Auge zu behalten und ihren Freundinnen mitzuteilen, wann der Zeitpunkt gekommen war, um den Köder auszulegen.

„Ich würde ja zu gerne mal wieder richtig tanzen. Mir fehlt einfach was, seit mein Skateboard kaputt ist", sagte Cleo jetzt.

Das war das Stichwort für die anderen. Denn *Tanzen* war Geheimsprache und bedeutete *Reden* – in dem Fall über die geplante Uhrzeit zu sprechen.

„Wir können ja morgen Abend auf dem Dach tanzen!", sagte Elif.

„Gute Idee!", sagte Lele – und fügte extra laut hinzu: „Wann wollen wir eigentlich aufs Dach?"

„Wie wäre es um 20 Uhr?", schlug Elif vor.

„20 Uhr passt super!", sagte Cleo laut und deutlich und nickte zustimmend.

„Perfekt, dann also morgen um 20 Uhr!“, rief Lele.
Die Mädchen schlenderten aus dem Schultor und die Ballgeräusche hinter ihnen wurden immer leiser. Als Lele nach ein paar Metern einen Blick über ihre Schulter wagte, sah sie, wie die drei Jungs zusammenstanden und sich High Five gaben
Lele grinste. „Sieht ganz so aus, als ob sie angebissen hätten!“

Auf die Plätze, Kuli bereit, losraten! – Die besten SCHIMPFWÖRTER für die KINGS und andere NERVENSÄGEN

E	G	I	N	Ö	K	N	R	E	G	E	T	H	C	Ö	M
N	K	A	K	E	R	L	A	K	E	N	K	I	N	G	S
E	L	B	G	A	O	S	A	N	O	W	I	A	R	I	N
R	C	Ä	S	F	K	V	W	I	E	S	E	L	E	W	A
V	Z	T	T	A	Y	J	R	A	Y	Ä	Q	P	H	O	X
E	T	L	I	F	M	S	A	B	A	E	A	Ä	C	A	B
N	E	G	N	O	Z	A	A	A	U	N	R	P	A	V	A
S	S	K	K	L	A	B	A	N	E	D	I	Ö	M	A	E
Ä	E	A	S	A	G	A	K	I	G	M	D	A	H	A	M
G	L	Ö	T	N	S	D	F	M	A	H	K	A	C	C	K
E	K	A	I	A	I	A	F	G	H	P	A	K	A	P	A
N	S	K	E	U	S	C	H	N	E	C	K	E	N	A	
Z	E	G	F	A	P	M	U	F	D	I	U	Y	A	V	
A	H	L	E	I	U	D	Ö	A	H	J	E	A	I	Ä	Z
H	T	A	L	A	P	Z	L	K	Q	I	A	S	K	U	T

In diesem Buchstabengitter haben sich diese 10 Wörter versteckt. Sie können waagerecht, senkrecht und diagonal, vorwärts und rückwärts geschrieben sein. Finde sie und kreise sie mit einem Stift ein!

- Möchtegernkönige
- Kingbabys
- Kakerlakenkings
- Wiesel
- Schnecken
- Esel
- Pupsis
- Nachmacher
- Nervensägen
- Stinkstiefel

8. Deko-Time und Verkleidungsparty!

Am nächsten Tag standen Lele und Elif bereits am frühen Nachmittag mit vollgepackten Tüten und Taschen vor Cleos Tür. Die hatte nämlich sturmfrei. Ihre große Schwester Joya verbrachte das Wochenende bei ihrem Vater, und Cleos Mutter

machte ein V … ihren Freundinnen –

sie glaubte ja … achten würde und somit

in guten Hän…

Schnell depo… Tüten mit den

mitgebrachte… . Die Taschen mit den

Gruselutensi… . Damit schlichen die

drei nun flug… den. Obwohl es draußen

noch hell wa… ch dunkel. Kein

Wunder, das … der kleinen Dachluke

in der Mitte … as Licht an und

eine schwache Glühbirne, die nackt von der Decke hing, erhellte den Raum.

Der Dachboden war ein großer, heruntergekommener Raum mit unzähligen Spinnweben und Staubmäusen in allen Ecken. Von einer Wand zur anderen waren Wäscheleinen gespannt, die darauf schließen ließen, dass hier früher mal Kleider zum Trocknen aufgehängt worden waren. Aber das tat schon lange niemand mehr. Überhaupt wurde der Ort von niemandem mehr genutzt. Einzig ein paar alte Möbel standen verloren herum. Wahrscheinlich waren die von Mietern hier abgestellt worden, die schon längst wieder ausgezogen waren.

„Ich würde sagen, erst das Netz, dann die kleineren Sachen“, schlug Elif vor.

„Schon dabei!“ Cleo holte eine Art Fischernetz aus einer Tüte und fing mit Elifs Hilfe an, es über die Wäscheleinen zu hängen.

„Ich kümmere mich mal um unseren klapprigen Freund hier.“ Lele zog aus einer anderen Tasche ein täuschend echt aussehendes Plastikskelett, das größer als sie selbst war. Sie setzte es auf eine Kommode, von wo aus es mit stechend roten Augen aus Glitzersteinen in den Raum blickte und aussah, als ob es die Mädchen beobachten würde.

„Wuah! Der ist ja mega gruselig!“ Cleo sah nicht gerade begeistert aus.

„Cleo, unser kleiner Angsthase!“, sagte Lele. „Ich wusste gar nicht, dass du dich so schnell fürchtest.“

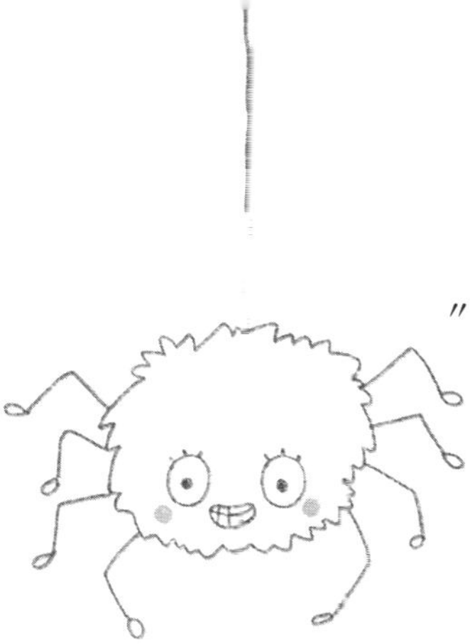

„Das weißt du deswegen nicht, weil ich das ganz gerne für mich behalte." Cleo verschränkte ihre Arme. „Im Übrigen bin ich auch kein großer Fan von Krabbeltieren", sagte sie mit einem Blick auf Elifs Hände, in denen nun haufenweise kleine Käfer und Würmer lagen.

Jetzt zuckte auch Lele kurz zusammen.

„Die sind doch nur aus Plastik!" Elif grinste die beiden an.

Lele verzog das Gesicht. „Okay, ich gebe zu, Krabbelviecher gehören auch nicht zu meinen Lieblingstieren."

„Zu meinen ehrlich gesagt auch nicht", sagte Elif und begann, die Plastiktiere auf dem Boden zu verteilen.

Da fiel Lele ein, dass sie ein ganz besonderes Tierchen fast vergessen hatte. Schnell suchte sie es in einer der Tüten.

„Apropos … was sagt ihr dann zu dem hier?" Sie hielt ihren Freundinnen eine pelzige Vogelspinne unter die Nase.

„Iiiihhh!", riefen beide gleichzeitig.

„Wie echt die aussieht!", staunte Elif.

„Ich weiß. Als sie mir Mama an Halloween auf den Frühstücksteller gelegt hat, bin ich vor Schreck von meinem Stuhl gekippt und hab mich unter

dem Küchentisch verkrochen." Lele musste bei dieser Erinnerung schmunzeln.

Cleo schüttelte es. „Sie ist extrem eklig – und darum genau richtig für uns!" Die Spinne wollte sie sich gar nicht so genau ansehen.

„Find ich auch", sagte Elif. „Denn ich kann mir gut vorstellen, dass selbst der coole Kolja heimlich an Arachnophobie leidet."

„Iih, was ist das denn, bitte schön?" Cleo verzog angewidert das Gesicht.

„Das klingt ja nach einer ganz üblen Hautkrankheit", sagte Lele grinsend.

„Wäre auch nicht schlecht. Ich meinte aber eigentlich, dass unser cooler Kolja sicherlich Angst vor Spinnen hat." Elif zwinkerte ihren beiden Freundinnen verschwörerisch zu.

„Oh ja! Und so wie ich ihn kenne, würde er das aber nie im Leben zugeben!", fügte Cleo hinzu.

„*Das* allerdings kann ich mir auch sehr gut vorstellen!", sagte Lele.

Die drei kicherten.

Nachdem die drei Queens den Dachboden mit all ihren mitgebrachten Utensilien ganz wunderbar gruslig verziert hatten, war Punkt zwei ihrer Vorbereitungen an der Reihe: die Kostüme. Sie flitzten zurück in Cleos Wohnung und

CLEO ist ein heimlicher Angsthase – vor was hast du so richtig BAMMEL?

Vor Spinnen und Insekten.

sammelten ihre mitgebrachten Klamotten zusammen, um sie sich gegenseitig zu präsentieren.

Als Erstes war Cleo an der Reihe. Sie zog sich eine schwarze Hose und ein graues Hemd über. Die Klamotten sahen aus, als ob sie seit Jahren getragen, aber nicht gewaschen worden, und dabei auch noch einem wilden Tier zwischen die Zähne gekommen waren. Sie waren nicht nur dreckig und zerfetzt, sondern sicher auch fünf Nummern zu groß für Cleo.

„Das ist das Zombie-Kostüm von meinem Papa", erklärte Cleo. „Und das hier", sie zog eine Maske hervor, „das ist die Krönung des Ganzen!"

Mit aufgerissenen Augen starrten Lele und Elif auf die Maske, die Cleo sich in dem Moment über das Gesicht zog. Es handelte sich eindeutig um den Kopf eines Zombies. Das ganze Gesicht war fahl und von einer grünlichen, ungesunden Farbe. Die wenigen Haare auf dem Kopf standen wirr auf allen Seiten ab. Die Zähne waren eklig braun und sahen ganz verfault aus. Ein Auge war blutunterlaufen, der andere Augapfel schien aus der Augenhöhle herauszuquellen.

„Das ist ja extrem eklig!", rief Lele. „Super!"

„Ja! Dein Kostüm ist einfach großartig!" Elif nickte Cleo bewundernd zu.

Cleo lachte, streckte ihre Arme nach vorne aus und wankte schwerfällig wie ein Zombie durch das Wohnzimmer. Dazu gab sie röchelnde Laute von sich. „Öööööööööööh!"
Lele und Elif lachten sich krumm und schief. Dann war Elif an der Reihe. Sie drehte sich kurz von Lele und Cleo weg und nestelte an ihrer mitgebrachten Tasche herum. Als sie sich wieder zu ihnen umdrehte, war sie in einen riesigen schwarzen Umhang gehüllt, der bis zu ihren Knöcheln reichte. Die Innenseite des Umhangs war dunkelrot und oben am Hals hatte er einen weiten, stehenden Kragen. Das Beste aber war Elifs Gebiss. Ihre Eckzähne funkelten jetzt weiß, lang und spitz.
„So cool!" Cleos Augen leuchteten.
„Eine richtige Vampirin!", jubelte Lele.
Nun holte Lele ihre Verkleidung aus dem Rucksack und streifte sie über. Es war ein schwarzer Einteiler mit luftigen Beinen und einer Kapuze. Auch Lele hatte eine Maske zu ihrem Outfit. Sie war ebenfalls schwarz und sah aus wie das Gesicht einer richtigen Fledermaus, mit spitzen Zähnchen, langen Öhrchen und einer kleinen Nase. Lele streckte seitlich ihre Arme aus und ihre schwarzen Flügel kamen zum Vorschein.

Elif begutachtete Lele von allen Seiten. „Super! Eine lebensgroße Fledermaus!“

„Wow!“, rief Cleo. „Von dir möchte ich auf keinen Fall verfolgt werden!“

Dann war das Schminken an der Reihe. Die drei setzten sich auf Cleos Bett und breiteten alle Schminkutensilien, die sie von zu Hause mitgebracht hatten, auf dem Boden aus. Sie hatten echte Karnevals- und Halloweenschminke dabei, mit der man sich wunderbar gruselig zurechtmachen konnte. Weil Lele die beste Zeichnerin unter den dreien war, übernahm sie das Schminken von Vampir-Elif. Zuerst puderte sie ihrer Freundin das ganze Gesicht weiß ein, sodass Elif kreidebleich aussah. Dann malte sie ihr große, schwarze Augenränder und ein ungesund aussehendes, blasses Rot von den Augenlidern bis an die Schläfen.

Lele lehnte sich zurück und besah ihr Werk. „Richtig unheimlich!“

„Genau wie Dracula!“ Cleo lachte auf.

„Wir sehen alle *so* cool aus!“ Lele war vollauf zufrieden. Sie zog Elif und Cleo mit sich aus dem Zimmer und zu dritt quetschten sich die Queens vor den Spiegel im Flur.

„So gruselig hab ich selbst an Halloween noch nie ausgesehen!“ Cleo bewunderte sich ausgiebig von allen Seiten.
„Wenn das nicht Geisterbahn-Verkleidungen de luxe sind, weiß ich auch nicht!“, sagte Elif.
Lele gr nste. „Ich freu mich ja schon so auf die Gesichter der Jungs! Das wird einfach großartig!“
Sie legten ihre Hände für den ultimativen Queens-Handschlag zusammen. Pling!

9. Auf die Plätze! Fertig! ... Nanu ... was ist denn jetzt los?

Weil das Verkleiden so lustig war, hatten die Queens komplett die Zeit vergessen. Es war schon Viertel vor acht! Schnell flitzten die drei in ihren Kostümen zurück auf den Dachboden.
Jetzt fehlte nur noch eine letzte Sache. Sie löschten das Licht und Elif knipste ihre Stirnlampe an. Während Elif leuchtete, machte Lele eine Räuberleiter für Cleo, die hinaufstieg und nach der Glühbirne griff. Etwas wacklig war die ganze Angelegenheit schon, aber Cleo schaffte es, die Birne so weit aus der Halterung zu drehen, dass sie nicht mehr angehen würde. Testweise drückten sie noch einmal den Lichtschalter, aber die Lampe funktionierte nicht mehr. Perfekt! Wenn die Jungs hochkämen, würden sie im wahrsten Sinne des Wortes im Dunkeln tappen!
„Puh! Viel länger hätten wir nicht brauchen dürfen", meinte

Elif mit Blick auf ihre Armbanduhr. „Es ist exakt sieben Minuten und vierunddreißig Sekunden vor acht."

„Na dann, auf die Plätze, Queens!", flüsterte Lele und die drei versteckten sich schnell hinter der Tür, wo sie mit angehaltenem Atem auf die Kings warteten.

Es vergingen mehrere Minuten, in denen nichts passierte. Elif blickte wieder auf die Uhr: „Zwei Minuten vor acht!"

„Psst! Ich glaub, ich hör was!", flüsterte Lele.

Die drei horchten. Tatsächlich, irgendwas tat sich im

Treppenhaus. Aber es schien niemand hochzukommen. Schließlich gaben die drei ihre Position auf und tapsten leise bis zum Treppengeländer, von wo aus sie hinunterblickten.

„Oh nein. Das ist Frau Schuller, meine Nachbarin vom selben Stockwerk", stöhnte Cleo.

Lele nickte. „Ich weiß. Ich sehe sie manchmal an der Bushaltestelle. Die zieht immer ein Gesicht, als ob ich ihr etwas getan hätte."

Cleo seufzte. „Ich weiß, was du meinst. Sie ist immer voll schlecht drauf."

„Hoffentlich hat sie uns nicht gehört und kommt hoch!", flüsterte Elif.

Die drei Mädchen verstummten augenblicklich und verfolgten still, wie Frau Schuller mit Schaufel und Wischer auf der Treppe hantierte und dazu leise vor sich hinfluchte.

„Ständig dieser Schmutz“, hörten sie sie murmeln.

Cleo musste sich ein Lachen verkneifen. „Sie beklagt sich immer über den angeblichen Dreck im Haus. Dabei liegt da höchstens mal eine winzig kleine Staubflocke rum.“

„Wenn genau jetzt die Kings hier hochkommen, dann haben wir ein Problem“, gab Elif zu bedenken.

„Mist, da hast du recht!“ Lele schaute nervös auf Frau Schuller hinunter, die weiterhin seelenruhig vor sich hinwischte. „Wie spät ist es denn jetzt?“

„Schon zwei *nach* acht!“, sagte Elif.

„Sie geht!“, flüsterte Cleo.

Tatsächlich gab Frau Schuller in dem Moment das Wischen auf und lief zurück zu ihrer Wohnung. Die drei Mädchen hörten, wie die Tür ins Schloss fiel, dann war es wieder still im Treppenhaus.

„Zurück auf unsere Plätze!“, flüsterte Lele und die drei Mädchen rannten hinter die Tür des Dachbodens zurück, wo sie sich hinkauerten und mucksmäuschenstill verharrten.

„Mensch, wo bleiben die denn?“, raunte Cleo nach gefühlten weiteren fünf Minuten.

„Pünktlichkeit war tatsächlich noch nie ihre Stärke“, flüsterte Elif.
„Da stimmt doch was nicht.“ Lele stand auf.
„Und nun?“ Cleo sah die beiden fragend an.
„Ich denke“, sagte Elif und legte ihre Arme auf die Schultern ihrer Freundinnen, „das Einzige, was uns übrig bleibt, ist nachzuschauen, wo die drei stecken.“

WOCHEN-PLANER

Meine TOLLSTEN TERMINE diese Woche – wo ich auf jeden Fall pünktlich sein will!

MO	DI	MI	DO	FR	SA+SO

10. Horror-Angst im Finster-Keller

In voller Kostümierung schlichen die drei Queens die Stufen des Treppenhauses hinunter. Niemand war zu sehen. Nur aus einigen Wohnungen kamen die Geräusche von klappernden Töpfen, lachenden Stimmen und laufenden Fernsehern.
Die Mädchen öffneten die Haustür und spähten hinaus. Cleos Haus stand ganz am Anfang der Weberstraße. Das Hauptquartier der Kings befand sich am anderen Ende.
Die Queens mussten also die ganze Straße in ihren Kostümen zurücklegen – und selbstverständlich hatten sie wenig Lust, dabei von irgendwelchen Nachbarn gesehen zu werden und ihre Aufmachung erklären zu müssen. Denn bekanntermaßen war heute nicht Halloween.

Lele linste nach links und rechts. Es war niemand zu sehen.
„Ich würde sagen, die Luft ist rein. Was meint ihr?“
Elif und Cleo nickten. Kichernd schlichen die drei die

Hausmauern entlang und hatten schon fast die Hälfte des Weges zurückgelegt, als plötzlich eine Autotür rumste. Reflexartig hielten sie an und sahen sich verstohlen um.

„Da!" Elif zeigte mit dem Kopf zur gegenüberliegenden Straßenseite.

„Hausmeister Würgler! Ausgerechnet der!", flüsterte Lele. „Wenn der uns in diesem Aufzug sieht ...", sie breitete ihre Fledermausarme aus, „... dann weiß er doch sofort, dass was im Busch ist und lässt uns sicher den ganzen Abend nicht mehr aus den Augen!"

Cleo nickte. „Der rennt bestimmt zu unseren Eltern, um zu erzählen, dass wir hier abends verkleidet die Straße unsicher machen."

„Schnell, hinter den SUV!", flüsterte Elif und die drei tapsten so leise und schnell wie möglich von der Hauswand zum nächsten Auto, einem riesigen, grauen Wagen, hinter dem sie sich niederknieten.

Sie horchten, hörten aber nichts mehr.

„Wahrscheinlich ist er bereits weg. Er wohnt doch genau auf dieser Höhe", flüsterte Cleo.

Lele hob ihren Kopf ein kleines Stück und linste durch das Autofenster auf die andere Straßenseite. Herr Würgler war noch da. Er stand vor der offenen Motorhaube seines Autos und schraubte an etwas herum.

Lele stöhnte. „Jetzt repariert der auch noch irgendwas. Na toll, das kann ja noch ewig dauern!"

Doch kaum hatte sie den Satz beendet, klappte Herr Würgler die Motorhaube wieder zu. Offenbar hatte er aufgegeben. Die drei atmeten auf. Doch da öffnete Herr Würgler die Hintertür seines Wagens – und ein putzmunterer, süßer kleiner Yorkshireterrier sprang heraus.

„Tiffi!", flüsterte Lele, während sie dabei zusah, wie Herr Würgler den Wagen abschloss und sich auf den Weg zu seiner Haustür machte.

„Komm, Tiffi!", rief er.

Der Hund aber blieb stehen – und reckte seine Nase in die Luft.

„Mist! Tiffi schnuppert herum!" Lele schaute ihre beiden Freundinnen alarmiert an.

„Die kann uns riechen!", erklärte Elif. „Oder vor allem dich, Lele. Dich kennt sie doch am besten."

„Oh nein …" Lele zog schnell den Kopf ein und drückte sich wie ihre zwei Freundinnen eng an das Auto. Sie lauschten.

„Tiffi! Stehen bleiben!", schrie Herr Würgler.

Es war einen Moment lang still, dann hörten sie

Trippelgeräusche auf dem Asphalt, gefolgt von Rufen und Fluchen, die eindeutig Herrn Würgler zuzuordnen waren. Offensichtlich waren die beiden drauf und dran, die Straße zu überqueren.

Plötzlich hörte Lele ein Hecheln neben sich. Sie drehte den Kopf zur Seite und sah direkt ins Gesicht des kleinen Hundes, der freudig wedelnd vor ihr stand.

Ohne darüber nachzudenken, was sie tat, schob Lele sich die Maske ins Gesicht, breitete ihre Fledermausarme aus und gab ein zischendes Geräusch von sich.

„Zzzzzzzzzzzzzz!!!“

Blitzartig hörte Tiffi auf zu wedeln. Ihr entfuhr ein klägliches Winseln, dann rannte sie zurück über die Straße.

„Ja was hast du denn, Tiffilein?“, hörten sie Herrn Würgler mit sanfter Stimme auf seinen Hund einreden. „Hat dich was erschreckt? Vielleicht ein Marder? Soll ich mal nachschauen gehen?“

„Oh nein, bitte nicht!“, jammerte Lele.

In dem Moment ertönte eine ungeduldige Frauenstimme. „Klaus? Klau-aus!! Was machst du denn da?! Jetzt komm doch mal endlich rein!“

Lele spähte wieder durch das Autofenster und sah Herrn Würgler, der mit Tiffi auf dem Arm auf sein Haus zulief. Am

Fenster der Erdgeschosswohnung war Frau Würgler, seine Frau, zu sehen.

„Was machst du denn?“, fragte sie genervt. „Streifst da draußen rum, während hier nichts mehr funktioniert!“

„Ich komm ja schon!“, murrte Herr Würgler und verschwand im Hauseingang.

Die drei Queens atmeten erleichtert auf.

„Puh!“, stöhnte Lele. „Gerade noch mal gut gegangen.“

Nun war die Bahn wieder frei! So schnell sie konnten, rannten die Queens die restlichen Meter bis zum Straßenende.

Als die drei Mädchen kurz darauf durchs Kellerfenster ins Hauptquartier der Kings spähten, konnten sie kaum etwas sehen. Der Verschlag wurde lediglich von einer kleinen, blass schimmernden LED-Lampe erleuchtet.

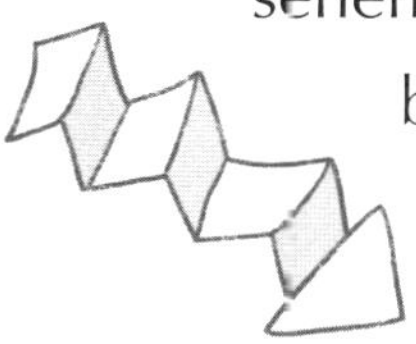

„Wahrscheinlich haben sie das Licht gelöscht, damit niemand neugierig wird und nachschauen kommt, wer um diese Uhrzeit noch da unten ist“, flüsterte Elif.

„Hört mal, die streiten ja!“, sagte Lele und alle drei spitzten sofort die Ohren.

Nur dumpf drangen die Stimmen der Jungs durch das kleine,

geschlossene Fenster. Im Schein der Lampe sahen die Mädchen Loris, der wild mit seinen Händen fuchtelte und sich aufregte. „Ich war nicht zu spät! Ich war um zehn vor acht hier, aber wo wart ihr?!“

Kolja stützte seine Hände in die Hüften. „Aber der Treffpunkt war nicht hier, sondern an der Ecke vor Cleos Haus!“

„War er nicht!“, rief Loris und schaute zu Devin.

Der schüttelte den Kopf. „Ich dachte, wir treffen uns bei mir, sorry.“

Die drei Jungs blickten sich gegenseitig fassungslos an.

„So ein Mist, jetzt sind wir zu spät! Die sind bestimmt schon längst oben auf dem Dach und das war's dann mit unserer Überrumpelungsstrategie!“ Kolja kickte wütend mit seinem Fuß in den Sessel.

Loris versuchte, Kolja zu beruhigen. „Wir werden einfach das nächste Mal zuschlagen.“

„Stimmt“, meinte Devin. „Jetzt wiegen die sich doch in Sicherheit. Bestimmt werden sie bald wieder öfter aufs Dach steigen.“

„Und dann …“, sagte Loris und nickte seinen zwei Kumpels verschwörerisch zu.

„Dann …“, fuhr Kolja fort, „… werden wir mit unserer

Überrumpelungsstrategie zuschlagen! Ganz genau!“

Die drei Queens draußen vor dem Fenster starrten sich entgeistert an.

„Ich glaub es einfach nicht. Sie haben es verpennt!“, murmelte Lele genervt.

Cleo ärgerte sich grün und blau. „Wie bescheuert sind die denn? Jetzt waren ja alle unsere Vorbereitungen umsonst!“

Elif lächelte. „Vielleicht nicht ganz alle …“

Die anderen zwei blickten sie fragend an.

„Also“, begann sie zu erklären. „Wenn die Kings nicht zu uns kommen, dann gehen wir eben zu den Kings, um ihnen eine Grusel-Lektion zu erteilen!“

„Ah, ich verstehe!“, rief Lele. „Du meinst, wir erschrecken sie einfach im Keller?! Gefällt mir!“

Wenige Augenblicke später schlichen die Mädchen die letzte Kellertreppe der Straße hinunter. Und zwar die, die dem Kings-Quartier am nächsten war. Da alle Keller der Weberstraße miteinander verbunden waren, gab es nämlich mehrere Eingänge. Sie hatten Glück. Die Tür dieses Abgangs war offen und die drei huschten schnell in den stockdunklen Raum hinein.

Lele wollte gerade nach dem Lichtschalter tasten, als

Elif neben ihr flüsterte: „Wenn wir das Licht anknipsen, merken die Kings, dass jemand kommt."
„Ach Mist! Das stimmt natürlich!" Lele ließ ihre Hand wieder sinken.
„Aber wie sollen wir das denn ohne Licht machen? Es ist stockdunkel!" Cleo schien nicht sonderlich angetan von der Idee, im Dunkeln herumzuirren.
Plötzlich erhellte ein schwacher Strahl den Kellerflur. Es war Elifs Stirnlampe.

„Damit!", sagte Elif. „Ich habe sie auf die schwächste Stufe eingestellt. So können wir uns den Weg leuchten, werden aber nicht schon von Weitem gesehen."
„Du bist genial, Elif!", jubelte Lele. „Dann mal los!"
Auf Zehenspitzen schlichen die drei den düsteren Gang entlang.

„Das ist so aufregend! Ich freu mich schon so auf die Gesichter der Kings!", flüsterte Lele.
Cleo blickte in die dunklen Bretterverschläge, die links und rechts von ihnen den Flur säumten. „Ich hoffe einfach, dass wir bald da sind."
Lele musste zugeben, dass auch sie es ein wenig unheimlich fand hier unten. Denn trotz des Lichts der Stirnlampe konnte

man kaum etwas erkennen. Schon gar nicht, was sich hinter den Verschlägen in den einzelnen Abteilen befand. Dennoch sagte sie aufmunternd: „So schlimm ist es doch nicht, immerhin haben wir ja etwas Licht.“
In dem Moment wurde der Schein von Elifs Stirnlampe schwächer – und ging plötzlich ganz aus. Von einem Moment auf den anderen tappten die drei Queens in absoluter Dunkelheit. Lele stoppte.
Sie hörte, wie Elif an ihrer Stirnlampe herumnestelte. „Ich glaub, ich hab vergessen, eine neue Batterie einzulegen. Sorry!“
„Wir brauchen einen Lichtschalter!“ Lele begann, die Wand abzutasten, in der Hoffnung, irgendwo einen Schalter zu finden.
„Ich fürchte, die befinden sich immer nur bei den Abgängen“, seufzte Elif. „Hätte ich mein Handy dabei, hätten wir zumindest die Taschenlampenfunktion.“
„Ach ja, Mist, mein Handy hab ich auch nicht mitgenommen“, sagte Cleo. „Wie auch, meine Hosentaschen sind doch ganz zerfetzt.“ Sie zog an den zwei Stofflappen, die links und rechts aus ihrer Hose lugten.
„Das Handy! Ja klar!“, rief Lele.
Sie zückte ihr neues Telefon aus der

Innentasche ihres Fledermauskostüms und fand mit Elifs und Cleos Hilfe auch schon bald die Taschenlampenfunktion. Endlich hatten sie wieder eine Lichtquelle! Der Lichtstrahl war leider ähnlich schwach wie der von Elifs Stirnlampe, sodass immer noch alles um sie herum schummrig und unheimlich wirkte. Aber besser als gar nichts, fanden die drei. Vorsichtig tapsten sie weiter.

Doch gerade als Lele ihren Freundinnen etwas Motivierendes zuflüstern wollte, begann Cleo zu schreien.

Lele blieb erschrocken stehen. „Was ist denn?"

„Ich weiß nicht …", stotterte Cleo. „In meinem Gesicht … Etwas hat mich gestreift."

„Wie gestreift?", fragte Elif.

„Da ist was in meinem Gesicht!", stöhnte Cleo.

„Zeig mal her." Lele leuchtete Cleo mit ihrer Taschenlampe an.

Elif versuchte, Cleo zu beruhigen. „Ach, das sind doch nur Spinnweben!"

„Spinnweben?!", fragte Cleo entsetzt und schrie: „Iiiiiiihhhhhh!!!!"

„Psst! Nicht so laut!", flüsterte Elif. „Tut mir leid, ich wollte dich nicht erschrecken."

„Komm, ich helf dir mal." Lele begann, Cleos Gesicht von den Spinnweben zu befreien. „Du könntest deine Maske aufsetzen, dann können dir keine Spinnennetze mehr ins Gesicht kommen", schlug sie vor und zog ihre Maske gleich selbst wieder über den Kopf.

„Ich weiß nicht ...", sagte Cleo. „Ich will eigentlich nur noch hier raus."

„Du meinst, du willst die ganze Aktion abbrechen?" fragte Lele ungläubig.

„Ich will einfach nicht mehr so ewig hier drin herumirren", erklärte Cleo.

„Wenn mich mein Orientierungssinn nicht täuscht, dann sind wir näher am Kellerabteil der Jungs als bei der Kellertreppe, über die wir reingekommen sind. Das spricht eigentlich dafür, dass wir weitermachen", sagte Elif.

Cleo zögerte noch immer. Sie schien sich wirklich sehr zu fürchten.

Im Halbdunkeln suchte Lele die Hand ihrer Freundin und drückte sie fest. „Wir sind doch die Queens! Da können uns doch so ein bisschen Dunkelheit und ein paar Spinnennetze nichts anhaben!", versuchte sie Cleo aufzuheitern.

„Genau", sagte Elif. „Und wir können uns ja an den Händen halten."

Cleo seufzte und zog ihre Maske übers Gesicht. „Okay, ihr habt ja recht. Ich bin jetzt anti-Spinnennetz-gewappnet. Lasst uns weitergehen!"

Elif lachte. „Übrigens ist es bewiesen, dass da, wo viele Spinnen sind, ein gutes Raumklima herrscht."
„Na, wenn das mal kein Trost ist!", sagte Cleo trocken, musste dann aber doch grinsen.
„Siehst du, alles halb so schlimm", sagte Lele und freute sich, dass Cleo schon wieder lachen konnte. Denn wenn sie ehrlich war, musste sie zugeben, dass sie die Situation auch ganz schön unheimlich fand. Aber das hätte sie nie laut gesagt. Cleo hätte sich sonst sicher noch mehr gefürchtet. Stattdessen begann Lele, in ihrem Kopf eine Liste gegen ihre Angst anzufertigen.

SPINNEN, MÄUSE, GEISTER!!! Ahhhhh!

Was man tun kann, wenn man sich fürchtet ...

Tief ein- und ausatmen
(hat mir meine Mutter beigebracht)

Sich selbst gut zureden (immerhin sind wir zu dritt und überhaupt: Tagsüber hab ich auch keine Angst im Keller!)

Die Angst weglächeln

Sich vorstellen, dass man von Mama an die Hand genommen wird (Psst! Nicht weitererzählen! Voll peinlich ...)

An etwas anderes denken: an das kuschelige Bett zu Hause, an die wohlige Wärme, die die Wohnzimmerlampen ausstrahlen, an einen Strandurlaub ...

Laut singen! (okay, vielleicht nicht gerade jetzt. Sonst wird das nichts mehr mit dem Erschrecken der Kings.)

Angst, SIEH DICH VOR!
Deine Tipps, wie man der Angst das Fürchten lehrt!

Vorsichtig tasteten sich die Queens an den Holzverschlägen entlang und kamen so langsam, aber stetig vorwärts.
„Komisch“, flüsterte Elif nach einer Weile. „Langsam sollten wir das Licht im Abteil der Jungs sehen können. So weit können wir nicht mehr entfernt sein.“
„Das kommt bestimmt gleich“, sagte Lele beschwichtigend. Sie wollte nicht, dass sich Cleo wieder Sorgen machte.
„Dann lasst uns jetzt das Taschenlampenlicht besser ausschalten“, schlug Elif vor. „Nicht, dass die Kings uns deswegen schon vorher bemerken und alles umsonst war.“

„Da hast du wohl recht“, seufzte Cleo. „Geht ja wohl nicht anders.“
Lele tippte die Funktion aus und schob das Telefon zurück in ihre Innentasche. Die drei nahmen sich wieder an den Händen und schlichen noch langsamer vorwärts. Immerhin war es jetzt noch dunkler als zuvor. Stockdunkel – düster wie die schwärzeste Nacht. Man sah einfach gar nichts mehr.
Gerade wollte Lele das Tempo ein wenig anziehen, da brachte sie ein Geräusch zum Stehen. Es klang, als ob der Wind durch den Keller wehen würde.

„Was ist das?“, wisperte Cleo.

Lele versuchte eine beruhigende Antwort zu finden. „Wahrscheinlich bloß ein gekipptes Fenster."

Sie gingen weiter.

Auf einmal war ein Klopfen zu vernehmen. Hohl und dumpf. Wieder blieben die Mädchen stehen. Sie horchten.

„Geister", flüsterte Cleo.

„Geister gibt's nicht", raunte Lele. „Stimmt doch, oder Elif?" Sie bekam keine Antwort. Jetzt wurde Lele auf einmal auch ganz mulmig zumute. „Elif?", flüsterte sie nochmals.

„Psst!", zischte es leise. Das war Elif. „Seid doch mal still!", flüsterte sie. „Sonst ist's doch vorbei mit unserem Überraschungsangriff!"

Lele hörte, wie Cleo neben ihr erleichtert ausatmete.

In dem Moment klopfte es wieder – und zwar direkt vor ihnen. Laut und deutlich.

Lele stockte der Atem. Sie spürte, wie Cleos Hand zitterte, und hörte, wie nun auch Elif die Luft anhielt. Keines der Mädchen traute sich mehr, auch nur einen Mucks von sich zu geben – geschweige denn, sich zu bewegen.

Zum Klopfen kam ein Rasseln dazu. Es klang, als ob jemand schwere Ketten hinter sich herziehen würde.

In Leles Kopf raste es. Was war das bloß? Was war hier los? Sie versuchte, eine natürliche Erklärung für das alles zu finden, aber ihr kamen nur echte Zombies und wahrhaftige Geister in den Sinn.

„UUUUUUUOOOOOHHHHH!“, machte es in dem Moment und die Mädchen kreischten:

„AAAAAAHHHHHHHH!!!“

11. Die weltweit peinlichste Oberblamage!

Bevor Lele wusste, wie ihr geschah, hörte sie Gegröle. Dann wurde es plötzlich hell – und vor ihr standen Kolja, Loris und Devin! Loris hielt eine schwere Eisenkette in die Höhe, Kolja einen alten Topf mit Kelle und Devin schwenkte die kleine LED-Lampe. Kichernd zeigten sie mit ihren Fingern auf die Mädchen, die wie drei begossene Pudel dastanden und schwiegen.

Kolja grinste. „Wie seht ihr denn aus?!"
Lele blickte an sich herunter, dann zu ihren beiden Freundinnen. Irgendwie wirkten ihre Verkleidungen auf einmal ziemlich lächerlich. Gerne hätte Lele etwas Schlagfertiges geantwortet, aber der Schreck saß ihr noch zu tief in den Knochen. Ihr wollte einfach überhaupt nichts einfallen. Am liebsten wäre sie auf der Stelle im Boden versunken. Ganz abgesehen davon, dass sie sich wahnsinnig

über sich selbst ärgerte. Wie konnten sie und ihre Freundinnen nur so doof sein und sich von den Kings so an der Nase herumführen lassen! Und dann auch noch ausgerechnet mit genau der Idee, die *sie* eigentlich gehabt hatten!

Nach dem ersten Schock fand Lele endlich zu ihrer alten Form zurück. „Okay, ihr hattet euren Spaß, schönen Abend noch."

Sie kehrte um und ließ die drei Jungs stehen.

Cleo und Elif folgten ihr.

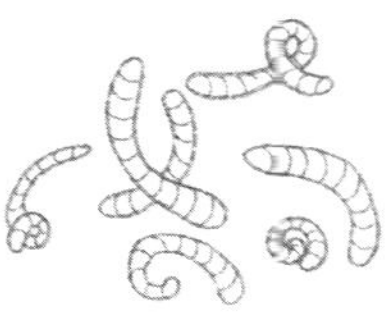

„Bist du sicher, dass es eine gute Idee ist, jetzt davonzulaufen? Immerhin entfernen wir uns gerade von der einzig guten Lichtquelle", sagte Cleo, als sie Lele eingeholt hatte.

„Das stimmt, aber ich finde, wir haben uns schon genug blamiert. Sollen wir auch noch zugeben, dass wir Angst haben, hier allein rauszukommen?" Lele fasste Cleo wieder an der Hand. „Wovor sollen wir uns noch fürchten? Jetzt wissen wir ja, dass es nur die Kings waren, die uns erschrecken wollten."

„Genau", stimmte Elif ihr zu. „Und so weit ist der Weg zurück ja auch wieder nicht."

Lele holte ihr Handy wieder hervor und knipste das Licht an. „Und ein wenig Licht haben wir ja."

Die Mädchen hielten sich an den Händen und liefen zügig durch die Dunkelheit bis zur Kellertreppe zurück, von der sie gekommen waren.

„Siehst du, schon sind wir wieder hier. Und in wenigen Sekunden wieder draußen", sagte Lele zu Cleo und drückte die Klinke der Kellertür hinunter. Doch die Tür blieb zu. „Mist, wie ist das denn möglich?!", schimpfte Lele und rüttelte an der Klinke.

Elif stöhnte auf. „Es muss sie jemand in der Zwischenzeit abgeschlossen haben."

„Und jetzt?", fragte Cleo.

„Erst mal das Licht anknipsen", sagte Elif und bediente den Lichtschalter. Sofort wurde es hell im Kellerflur und Elif blickte um sich. Links ging der Weg zurück zu den Jungs. Rechts von ihnen endete der Flur nach ein paar Metern in einem Lagerraum. „Das heißt dann wohl, dass uns nichts anderes übrig bleibt als zurückzulaufen."

„Du meinst, wir müssen bei den Kings vorbei?" Lele war nicht gerade begeistert.

Elif zuckte mit den Schultern. „Das scheint die einzige Möglichkeit zu sein."

Lele stöhnte. „Ich seh die grinsenden Gesichter der Jungs jetzt schon vor mir. Die werden sich totlachen, wenn wir an ihnen vorbeiziehen!"

„Wenigstens ist es jetzt hell!", sagte Cleo erleichtert – und mit Blick auf die flackernde Deckenleuchte fügte sie hinzu: „Ziemlich schummrig zwar, aber besser als nichts, würd ich sagen."

„Ich glaube, die Lampen hier unten sind mit einer Zeitschaltuhr[8] versehen", fiel Elif ein. „Wir sollten uns also lieber beeilen, bevor wir wieder im Dunkeln dastehen!"

Cleo schluckte und nickte eifrig. „Dann los!"

Schon kehrten die Queens um und liefen den Weg, den sie gerade gekommen waren, wieder zurück.

Während Elif und Cleo zügig an den düsteren Kellerverschlägen vorbeischritten, fiel Leles Blick auf einen Zettel, der vor ihr auf dem Boden lag. Schnell hob sie ihn auf, faltete ihn auseinander und las:

8 Eine Zeitschaltuhr schaltet das Licht nach einer bestimmten Zeit automatisch aus.

Merkwürdig, dachte Lele. Das war ja eine Art Mutmach-Botschaft. Sie besah sich den Zettel genauer. Der Spruch war in einfachen, blauen Druckbuchstaben geschrieben. Auch sonst gab es keine farbigen Verzierungen oder dergleichen. Trotzdem konnte Lele sofort erkennen, dass die Person sich Mühe gegeben hatte. War es möglich, dass jemand anderes auch solche Briefchen verfasste? Schnell steckte Lele den Zettel ein und rannte ihren beiden Freundinnen hinterher.

Coole Sonnenbrille in Omas Kommode oder die schönste Schmuckschatulle der Welt – hast du schon mal etwas ganz Besonderes *gefunden*?

12. Hilfe, ein Zombie! Und die Peinlichkeiten hören auch gar nicht mehr auf!

Schnellen Schrittes liefen die drei Mädchen durch den Kellerflur und vermieden es, nach links und rechts durch die Holzlatten in die dunklen Kellerabteile zu blicken. Plötzlich stoppte Cleo abrupt. „Da war was!“, flüsterte sie. Lele blickte sie an. „Cleo, ich verstehe, dass du das alles unheimlich findest, aber …“ Lele stockte. Nun hatte sie es auch gehört. Da war was hinter ihnen. Ganz sicher sogar. Auch Elif war stehen geblieben und horchte. „Das können unmöglich die Jungs sein, die Geräusche kommen ja von dort hinten, wo wir gerade herkommen. Das Abteil der Jungs liegt aber da *vorne*!“

Cleos Augen weiteten sich und sie schluckte geräuschvoll. „Vielleicht ein Zombie?“ „Bestimmt nur eine Maus. Kommt, gehen wir einfach schneller!“, sagte Lele mit fester Stimme.

Ohne sich umzublicken, setzten sich die Mädchen wieder in Bewegung. Sie gingen immer schneller, bis sie irgendwann die dumpfen Stimmen der Jungs vernehmen konnten.
„Augen zu und durch", flüsterte Lele ihren Freundinnen zu. Stumm und ohne sie auch nur eines Blickes zu würdigen, liefen die Mädchen an den Jungs vorbei, die auf leeren Getränkekisten in ihrem Verschlag saßen und Limo tranken. Kolja bemerkte sie als Erster. „Was ist denn jetzt los?", rief er. „Immer noch auf der Suche nach einer Kostümparty?"
Loris und Devin brachen in schallendes Gelächter aus.
Lele wollte gerade zu einer Antwort ansetzen, da hörte sie hinter sich Schritte. Augenblicklich waren alle still.
„Da kommt jemand!", flüsterte Cleo.
„Schnell weg hier!", rief Lele.

Schon sprang Cleo durch die offene Tür des Kellerverschlags in das Quartier der Kings und versteckte sich hinter dem großen, alten Sessel.
„Hau ab!", zischte Loris, der sich selbst gerade hinter den Sessel ducken wollte.
„Cleo, was machst du denn da?", flüsterte Lele.
Die Schritte wurden lauter. Elif und Lele blickten einander panisch an.
„Lasst uns überlegen, ob wir …", setzte Elif an, doch Lele schnitt ihr das Wort ab.

„Für Überlegungen ist keine Zeit! Komm!“ Lele nahm Elif an der Hand und sprang Cleo hinterher.
Sekunden später quetschten sich alle drei Queens hinter den Sessel – gefolgt von den drei Kings, die sich ebenfalls hinter das Möbelstück zwängen wollten. Es war so eng, dass sich die sechs Kinder fast übereinanderstapeln mussten, um nicht gesehen zu werden. Aber es blieb ihnen nichts anderes übrig. Der Sessel war das einzige größere Objekt im Raum.

„Aua, jemand kniet auf meiner Hand!“, zischte Devin.
„Ups, sorry“, antwortete Elif und rückte ein wenig von ihrem Bruder ab.
„Macht euch doch nicht so breit“, fluchte nun Kolja. „Immerhin gewähren wir euch gerade Unterschlupf in unserem Quartier!“
„Und dafür werden wir euch auch für immer und ewig dankbar sein. Aber bitte seid jetzt alle mal still!“, zischte Lele.

Alle verstummten, zogen ihre Köpfe ein und horchten. Die Schritte waren nun so laut, dass sie sich direkt auf ihrer Höhe befinden mussten.
Sechs Augenpaare linsten hinter dem Sessel hervor – und sahen Hausmeister Würgler, der in dem Moment am Abteil der Kings vorbeiging!

Sofort drückten sich alle noch enger an den Sessel, wodurch ein kleiner Tumult entstand.
Herr Würgler blieb stehen und horchte. Er machte ein paar Schritte zurück – und hielt direkt vor der Tür!
Sechs Ohrenpaare lauschten angestrengt. Sekunden vergingen, die allen wie Minuten vorkamen.
Herr Würgler brummte und für einen Moment hörte es sich so an, als ob er weitergehen würde – doch stattdessen tippte er an den Lattenverschlag und die Tür ging quietschend auf.
„Hm, komisch …", murmelte er. Dann hörte man seine Schuhe auf dem Boden. Er war ins Abteil getreten!
Leles Herz stand still. Sie hielt ihren Atem an und spürte, wie Cleo und Elif links und rechts von ihr dasselbe taten.

Die Schritte von Herrn Würgler kamen immer näher. Bald würde er auf ihrer Höhe sein!
In dem Moment durchbrach ein Telefonklingeln die Stille.
„Ja? Was denn?", hörten sie Herrn Würglers Stimme.
Dann war eine Zeit lang Pause. Wahrscheinlich sprach gerade die Person am anderen Ende der Leitung.
„Ich hab die Glühbirne!" Das war wieder Herr Würglers Stimme. Er hörte sich gereizt an. „Ich musste sie im Lagerraum holen. Bin gleich da, okay?!", rief er ins Telefon, legte auf und

verließ das Kellerabteil. Seine Schritte entfernten sich nun zügig.

Alle atmeten erleichtert auf.

„Das war knapp!“, flüsterte Kolja.

Sie standen auf und schüttelten ihre Arme und Beine aus.

„Mensch, der Würgler muss auch immer überall seine Nase reinstecken!“ Loris schüttelte genervt den Kopf.

„Psst! Ich hör was!“, raunte Elif.

„Achtung, er kommt zurück!“, flüsterte Devin.

Sofort quetschten sich alle wieder hinter den Sessel.

Tatsächlich stand Herr Würgler nur Sekunden später wieder vor ihrer Tür. Von ihren Plätzen hinter dem Sessel aus beobachteten die Kinder, wie er an der Eisenkette, die an der Tür hing, herumnestelte.

Das war bestimmt dieselbe Kette, mit der Loris sie vorher so erschreckt hatte, dachte Lele.

Herr Würgler rüttelte kurz an der Kette, brummte schließlich zufrieden „Hält“ und schlurfte davon.

Gerade wollte Loris aufstehen, da flüsterte Devin: „Warte! Wer weiß, vielleicht kommt er ja noch mal zurück!“

Loris nickte und alle Kinder blieben hinter dem Sessel sitzen und lauschten so lange, bis wirklich nichts mehr von Herrn Würglers Schritten zu hören war.

Plötzlich wurde es dunkel. Stockdunkel.
„Oh nein! Herr Würgler hat das Licht ausgemacht! So ein Mist!“, flüsterte Loris in die Dunkelheit hinein.
„Oder das war die Zeitschaltuhr“, überlegte Lele.
„Kann bitte jemand ein anderes Licht anmachen?“ In Cleos Stimme schwang schon leichte Panik mit. „Und zwar möglichst schnell?!“
„Gleich!“ Lele tastete nach dem Handy in ihrer Innentasche. Sie drückte auf die Taschenlampenfunktion – aber das Licht ging nicht an! Mist! War das vielleicht die Macke, von der ihr ihre Mutter erzählt hatte? Lele konnte sich nicht erinnern.
„Sagt mal, ihr habt doch bestimmt auch eure Handys dabei, oder?“, fragte sie in die Runde.
„Pff! Find die mal in der Dunkelheit!“, hörte sie Koljas genervte Stimme.
„Habt ihr die nicht in euren Hosentaschen, oder so?“, zischte Cleo ungeduldig.
„Nein, sie liegen hier irgendwo rum“, sagte Loris. „Sucht lieber mal nach der Lampe, das ist leichter!“
„Devin, hattest nicht du sie zuletzt?“, fragte Kolja.
„Ja schon“, antwortete Devin, „aber das ging vorhin alles so schnell. Und jetzt seh ich ja nichts mehr.“

„Dann müssen wir sie eben suchen." Lele begann, mit ihren Händen den dreckigen Boden abzutasten. Sie hörte, wie die anderen dasselbe taten. Auf einmal spürte sie etwas Pelziges in ihrer Hand.
Gerade wollte sie aufschreien, da hörte sie Koljas Stimme: „He! Finger weg von meinen Haaren!"
Blitzschnell zog Lele ihre Hand zurück und biss sich ganz fest auf die Lippen, um nicht laut loszulachen. Kolja musste ja nicht erfahren, dass *sie* das eben war, die ihm eine unfreiwillige Kopfmassage verpasst hatte.

„Aua!", hörte sie in dem Augenblick Elif rufen.
„Selber *Aua*! Das war auch *mein* Kopf!", schimpfte Loris.
Offensichtlich waren die beiden zusammengestoßen.
„Aaaahh!", schrie nun Cleo.
„Was ist passiert?", fragte Lele in den finsteren Raum hinein.
„Da war was! Eine Fledermaus oder so!"
„Sorry, das war ich", murmelte Devin und räusperte sich.
Cleo seufzte hörbar. „Zum Glück!"
Lele tastete weiter den Boden ab und war sich ziemlich sicher, bereits mehrere Kellerasseln, Käfer und Spinnen an ihren Händen gespürt zu haben. Obwohl sie alles, was krabbeln konnte, unglaublich eklig fand, riss sie sich zusammen und gab keinen Laut von sich. Sie mussten diese Lampe oder

irgendein Handy finden, das war jetzt das einzige Ziel.
„Was ist das?“, flüsterte Cleo plötzlich.
„Was meinst du?“, fragte Lele.
„Dieses Geräusch …“
Lele horchte. Auch alle anderen waren plötzlich still und schienen zu lauschen.
Tatsächlich war da ein leises, gleichmäßiges Klopfen zu vernehmen. Es klang ziemlich unheimlich, fand Lele. Aber das wollte sie auf keinen Fall laut sagen.
„Das klingt ziemlich unheimlich“, sagte in dem Moment Cleo und schluckte gut hörbar.
„Dafür gibt es bestimmt eine völlig rationale[9] Erklärung“, erwiderte Elif schnell. Es war klar, dass sie Cleo beruhigen wollte.
„Klingt irgendwie hohl“, sagte Kolja, „als ob … als ob etwas auf einen Knochen tropfen würde.“
„Auf einen Schädel!“, sagte Loris mit Unheil verkündender Stimme.
„Waaaaaas?“, rief Cleo panisch.
„Ach Quatsch!“, sagte Lele schnell. „Da tropft doch einfach was!“

9 vernünftig, sachlich

„Ja!", sagte Loris. „Blut!"
In dem Moment wurde es hell. Das kam so überraschend, dass Lele losschrie. Cleo auch. Kolja, Loris und Devin hielten sich die Bäuche vor Lachen.

„Was ist denn so lustig?" Lele stand genervt auf und wischte ihre staubigen Hände an ihrem Kostüm ab.
Devin hielt die LED-Lampe hoch, sodass alle was sehen konnten. „Das ist doch nur das Rohr, das tropft." Er leuchtete Richtung Decke.
Lele blickte hoch. Über dem Fenster ging ein Rohr durch, das offenbar leckte. Die Tropfen fielen in einen Plastikeimer, der daruntergestellt worden war. Das verursachte den hohlen Klang.
Kolja lachte. „Euch kann man echt mit jedem kleinen Furz erschrecken, ihr Angsthasen!"
„Haha, sehr witzig." Lele hatte genug und marschierte Richtung Ausgang. Sie griff nach der Holzlattentür und riss daran – aber die Tür blieb zu. „Was …?", murmelte sie irritiert.

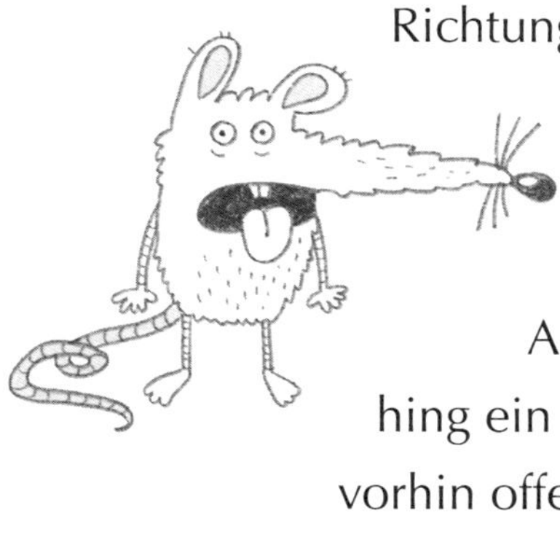

Auf einmal wurde ihr heiß und kalt. Da hing ein Schloss an der Tür! Herr Würgler hatte vorhin offenbar die Tür damit verriegelt. Sie waren eingesperrt. Im Keller der Kings! – und *mit* den Kings!

„Tja, das war's wohl mit deinem coolen Abgang“, sagte Kolja grinsend.

Wieder wäre Lele am liebsten im Boden versunken.

HUCH!
Was treibt sich denn hier alles rum?
BITTE ausmalen, man kann ja gar nichts erkennen!

13. Wo ein Wille ist, ist auch ein Weg!

Innerhalb von Sekunden hatten sich alle Kinder um die Tür versammelt. Devin leuchtete und die anderen drehten die Eisenkette so, dass das Vorhängeschloss in ihre Richtung zeigte.

„Ein Zahlenschloss“, sagte Elif.

„Ein Scheiß-Schloss!“, sagte Loris und alle lachten.

„Auf jeden Fall sind wir eingesperrt.“ Kolja machte ein finsteres Gesicht.

Während die Jungs das Schloss genauer begutachteten, nahm Elif ihre zwei Freundinnen zur Seite.

„Wir haben ein Problem!“, flüsterte sie.

„Ganz offensichtlich“, stöhnte Lele und blickte zu den Jungs, die ratlos an der Tür rüttelten.

„Ein größeres Problem“, sagte Elif und wurde noch leiser. „Habt ihr denn nicht gehört, was Herr Würgler im Keller geholt hat?“

Lele und Cleo versuchten, sich zu erinnern.
„Eine Glühbirne!“, flüsterte Elif. „Und wo gibt es zurzeit kein Licht in der Weberstraße?“
„Das Riesenrad! Spaghetti!“ Cleo riss die Augen auf und sah erschrocken zu Lele, die nicht minder bestürzt war.

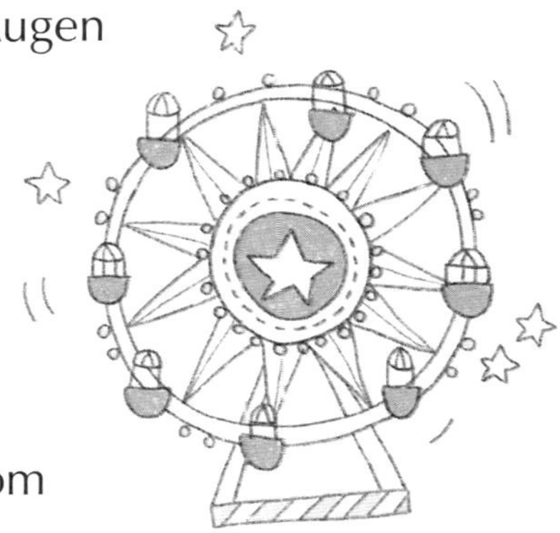

„Genau“, sagte Elif.
In dem Moment hörten sie Devin hinter sich flüstern. „Habt ihr gehört? Sie haben *Riesenrad* gesagt. Das bedeutet, dass sie vom Dach reden!“
Auch das noch!, dachte Lele. Devin kannte das Geheimwort für ihr Hauptquartier! Was er wohl sonst noch alles wusste? Leider war jetzt keine Zeit, sich darüber Gedanken zu machen. Sie hatten momentan ganz andere Probleme.
„Wir müssen so schnell wie möglich hier raus!“, zischte Lele.
Cleo und Elif nickten bestätigend und die drei wandten sich schnell wieder den Jungs und dem Schloss zu.
„Vielleicht sollten wir einfach unsere Eltern anrufen“, schlug Devin vor.
Elif, Cleo und Loris stimmten ihm zu.
„Auf keinen Fall!“, rief Kolja. „Dann ist der Keller als Hauptquartier der Kings doch auf immer und ewig verloren!“

Lele gab Kolja recht. Sie wollte auch nicht, dass alles aufflog. Das wäre sonst sicher ihre letzte Übernachtungsparty gewesen. Wobei sie das Wort *Party* gerade eher unpassend fand angesichts ihrer Lage. Während die anderen bereits überlegten, wessen Eltern sie am besten anrufen sollten, suchte Lele verzweifelt nach etwas, was die anderen umstimmen könnte. Da erinnerte sie sich an die Mutmach-Botschaft, die sie vorhin auf dem Kellerboden aufgelesen hatte.

„Leute", sagte sie. „Lasst es uns doch wenigstens einmal selbst versuchen. Ich sag nur: Wo ein Wille ist, ist auch ein Weg!"

Loris lachte. „Was ist das denn für ein bescheuerter Spruch?!"

Lele merkte, dass Kolja neben ihr leicht zusammenzuckte und errötete. War es möglich, dass er den Zettel geschrieben hatte? Sie versuchte in seinen Augen zu lesen, aber er blickte angestrengt zu Boden. Sehr Kolja-untypisch, dachte Lele.

„Okay, versuchen wir's", sagte Elif schließlich. „Aber wir müssen uns echt beeilen!"

Sie warf Lele einen ernsten Blick zu und formte mit ihren Lippen das Wort *Riesenrad*.

Lele nickte. „Ich weiß!"

Während sich Kolja und Loris in den herumstehenden Kisten auf die Suche nach brauchbarem Werkzeug machten, um die Vorhängekette zu knacken, nahmen Devin und Elif das Schloss genauer unter die Lupe. Es bestand aus vier Zahlen.

„Das ergibt an die 10 000 Möglichkeiten", erklärte Devin.

„Stimmt." Elifs Augen funkelten. Ungelöste Rätsel waren genau ihr Ding. „Aber Untersuchungen haben gezeigt, dass die meisten Leute eine Kombination wählen, die sie sich leicht merken können. So was wie der Geburtstag zum Beispiel."

Loris und Kolja hatten ihre Suche nach dem Werkzeug in der Zwischenzeit aufgegeben und gesellten sich zu den anderen.

„Wer weiß denn bitte schön den verflixten Geburtstag von Hausmeister Würgler?!" Loris war sichtlich genervt.

„Es muss ja nicht *sein* Geburtstag sein", erklärte Elif. „Es könnte auch der von seiner Frau sein."

„Das wird ja immer besser", stöhnte Loris.

„Ich meine", sagte Elif geduldig, „dass es eine einfache Kombination sein könnte. Etwas, was sich Herr Würgler auf jeden Fall gut merken kann. Etwas, was mit ihm zu tun hat."

Gemeinsam überlegten die sechs, was infrage kommen

könnte. Lele kam in den Sinn, dass Cleo, Elif und sie mal eine Liste zum Thema Passwörter gemacht hatten. Vielleicht war da ja was dabei. Sie versuchte, sich die Liste in Erinnerung zu rufen.

Einfache, aber clevere PASSWÖRTER gefällig? Die QUEENS helfen gerne!

Die eigene Postleitzahl

123456

Der eigene Name rückwärts geschrieben: EINOEL, FILE, OELC

Lalih

Nalsraraaararaka

Der Vorname von Opa oder Oma (oder noch besser der Nachname, falls man den weiß und er anders lautet als der eigene)

Der Name des ersten Haustiers, das man hatte (und wenn man keines hatte, dann der des ersten Plüschtiers)

ENAN
NOMIL

MEINE IDEEN

Der letzte Punkt der Liste könnte sie der Lösung näherbringen, dachte Lele. „Die ersten vier Zahlen der Postleitzahl!", schlug sie darum schnell vor.
„Gute Idee", sagte Devin und probierte es. Aber das Schloss ging nicht auf.
„Lasst uns mal alle einfachen Kombinationen durchgehen", sagte Cleo. „Also viermal die Null, viermal die Eins, viermal …"
„Okay." Devin nickte und drehte flink an den Zahlen. Aber auch keine dieser Kombinationen funktionierte. In dem Moment ertönte plötzlich eine leise Melodie. Irritiert blickten alle um sich. Dann begriff Lele. Es war ihr neues Handy, das klingelte! Schnell kramte sie es aus ihrer Tasche und schaute aufs Display.
„Oh je, warum genau jetzt?" Sie seufzte und drückte auf *Annehmen*. „Hallo Mama", sagte sie und versuchte so zu klingen, als ob alles in Ordnung wäre. Das hatte bei ihrer Mutter allerdings noch nie funktioniert.
„Was ist denn los?", fragte Lynn auch prompt.
Lele räusperte sich. „Nichts … was soll denn sein? Was gibt's denn?"
„Ich wollte nur mal nachfragen, wie's euch so geht. Schon im Pyjama? Und ich warte noch auf das Foto!"

„Geburtstag", hörte Lele Elif neben sich flüstern.
„Geburtstag?", fragte Lele verwirrt.
„Wer hat Geburtstag?", fragte Lynn am anderen Ende der Leitung.
„Niemand", sagte Lele schnell.
„Vom Würgler", flüsterte Cleo.
Jetzt begriff Lele. „Mama", sagte sie, „sag mal, weißt du zufälligerweise den Geburtstag von Herrn Würgler?"
„Oder seiner Frau", ergänzte Loris.
„Sag mal, sind da Jungs bei euch?", fragte Lynn verwundert.
„Was? Nein!", sagte Lele schnell. „Es ist nur … Cleo ist erkältet. Was ist jetzt mit dem Geburtstag?"
Lynn lachte. „Ich will nicht wissen, was ihr drei wieder ausheckt."
„Nichts!", rief Lele. „Wir … wir … wir sind nur dabei, alle Geburtstage aufzuschreiben."
„Vorbildlich", antwortete Lynn. „Ich hoffe, du hast meinen bereits notiert. Ist ja nicht mehr so lange hin. Aber tut mir leid, über den Geburtstag unseres Hausmeisters habe ich mir leider noch nie Gedanken gemacht."
Alle stöhnten.
„Ich geh jetzt übrigens eine Runde in dieser schönen, lauen

Sommernacht spazieren", sagte Lynn am anderen Ende der Leitung.
„Sehr schön, Mutter", antwortete Lele. *Mutter* nannte Lele sie nur im Scherz.
„Sag ihr, sie soll Hilfe holen!", flüsterte Cleo von der Seite.
Lele sah, dass Elif zustimmend nickte. „Ist vielleicht besser. Herr Würgler ist bestimmt schon auf dem Weg zum Riesenrad!"
Lele zögerte. Auch wenn sie ihrer Mutter gerade sehr gerne alles erzählt hätte, wollte sie auch nicht alles verraten. Es musste einfach anders gehen!
„Noch eine Chance!", murmelte sie.
„Was für eine Chance?", fragte Lynn.
„Mama, ich muss jetzt auflegen!"
Lynn seufzte. „Aber macht keinen Unsinn. Und bring mir mein Fledermauskostüm heil zurück!"
Lele schluckte. „Woher …?" Aber sie hatte jetzt keine Zeit, um zu fragen und Lynn alles zu erklären. „Sorry wegen dem Kostüm und mach dir keine Sorgen, okay Mama? Tschü-üss!" Lele legte schnell auf. Dann tippte sie wie wild auf ihrem Handy herum, während sie den anderen, die stirnrunzelnd um sie herumstanden, erklärte: „Ich hab doch noch alle eingespeicherten Nummern von meiner Mama auf

dem Handy … würde mich also nicht wundern, wenn …“
Sie wischte weiter durch das Telefonbuch. „Hier! *Würgler, Hausmeister*“, las sie vor. „Die ersten vier Ziffern seiner Telefonnummer sind: 0-1-7-3!“
Devin stellte die vier Zahlen ein – und das Schloss sprang auf!

14. Falscher Alarm und eine ungewöhnliche Hilfsaktion

Für einen Moment blickten alle überrascht auf das offene Schloss. Dann schnappte sich Lele die kleine LED-Lampe, die Devin in der Zwischenzeit auf dem Kellerboden abgestellt hatte. „Lauft, Queens, lauft!", brüllte sie, stieß die Kellertür auf und hechtete auf den dunklen Flur hinaus. Sie hörte irgendwas reißen, als wäre etwas kaputtgegangen, aber jetzt war keine Zeit, um sich auch noch darum zu kümmern.
Cleo und Elif reagierten sofort und liefen Lele, die bereits den Flur hinunterrannte, schnell hinterher.
„He! Das ist unsere Lampe!", hörten sie Loris rufen. Aber darauf konnten sie jetzt keine Rücksicht nehmen. Wie der Blitz rannten die drei Mädchen an den finsteren Kellerabteilen vorbei zur nächsten Tür und Lele betete, dass sie Herr Würgler beim Verlassen des Kellers nicht auch abgeschlossen hatte. Als sie beim Ausgang angekommen waren, blickten sie das erste Mal hinter sich.

„Sie scheinen uns gar nicht gefolgt zu sein", keuchte Elif.
„Und wenn auch", sagte Lele. „Hauptsache wir kommen nicht zu spät!" Sie drückte die Klinke herunter – und die Tür sprang auf!
In Windeseile liefen die drei Queens die Kellertreppe hoch und befanden sich wieder in der Weberstraße. So schnell sie konnten, rannten sie die Straße hinunter. Lele hoffte inständig, dass sich Herr Würgler so schnell wie eine Nacktschnecke fortbewegt hatte. Dann hatten sie vielleicht noch eine Chance, ihn einzuholen.

Cleos Gedanken schienen in dieselbe Richtung zu gehen. „Hoffentlich ist er noch nicht da!"

„Ich will gar nicht daran denken, was passiert, wenn der unsere kleine, lustige Geisterbahn betritt", schnaufte Lele.
„Dann fehlt auf jeden Fall nicht mehr viel und er bemerkt, dass mit dem Dach was nicht stimmt", japste Elif.
„Würgler." Cleo blieb keuchend stehen.
„Natürlich Würgler, wer sonst?" Lele stoppte ebenfalls und blickte Cleo fragend an.
Cleo aber bedeutete ihren beiden Freundinnen still zu sein und zeigte auf die andere Straßenseite. Da, in einiger

Entfernung, aber dennoch deutlich erkennbar, stand er. Hausmeister Würgler! Die Glühbirne hielt er in der linken Hand und unterhielt sich mit Herrn Meier, einem älteren Nachbarn, der seinen Dackel ausführte. Gerade verabschiedeten sich die beiden, da kam bereits die nächste Person die Straße entlanggeschlendert.
Leles Augen weiteten sich. „Mama?!“, flüsterte sie.
Sie sahen, wie Lynn stehen blieb und sich die beiden begrüßten.
Elif atmete hörbar aus. „Was für ein Glück. Das verschafft uns Zeit!“
„Oder auch nicht“, murmelte Lele und deutete mit dem Kopf zu ihrer Mutter rüber. Lynn starrte nämlich in die Richtung der Mädchen und kniff ihre Augen zusammen.
Augenblicklich duckten sich die Queens hinter das nächste Auto.
„Hat sie uns gesehen?“, fragte Cleo.
„Weiß nicht. Zum Glück sieht sie ohne Brille so schlecht“, flüsterte Lele.
Da hörten sie aber schon Lynns Stimme. „Lele?“
„Wie bitte?“, fragte Herr Würgler.
„Ich dachte, ich hätte eine Fledermaus gesehen“, antwortete Lynn. „Entschuldigen Sie mich, aber ich muss jetzt gehen.“

Lynn nickte Herrn Würgler zu und war drauf und dran, in die Richtung der Queens zu marschieren.
„Ruf sie an!“, sagte Elif.
„Was?“, fragte Lele.
Elif formte mit der linken Hand ein Telefon, das sie sich ans Ohr hielt. Jetzt verstand Lele. Schnell zog sie ihr Handy hervor und wählte die Nummer ihrer Mutter.
„Ja bitte, wer ist denn da?“, fragte Lynn in den Hörer.
„Sehr witzig, Mama“, sagte Lele.
„Stellen Sie sich vor, ich kenne eine Person, auf die großen Ärger wartet. Es handelt sich um das Vergehen des vorsätzlichen, nächtlichen Herumstreunens und um das Entwenden *und* Beschädigen eines Lieblingskostüms. Was sagen Sie zu den Anschuldigungen?“
„Warum siezt sie dich?“, fragte Cleo, die ihr Ohr ganz nah an Leles Telefon hielt.
„Ach, sie versucht, witzig zu sein.“ Lele verdrehte die Augen. Eigentlich war sie aber gerade ziemlich froh, dass Lynn gar nicht so sauer zu sein schien, wie sie befürchtet hatte. Aber was meinte Lynn mit dem *Beschädigen*? Instinktiv sah Lele an sich herunter und öffnete ihre Fledermausarme. Da sah sie es: Quer durch den linken Flügel zog sich ein tiefer Riss! Der Flügel ließ sich gar nicht mehr spannen, sondern hing in Form von zwei schlaffen Stofflappen runter.

Lele verzog ihr Gesicht zu einem schuldbewussten Grinsen. „'tschuldigung, Mama!", flötete sie ins Telefon. „Ich mach das alles wieder gut, versprochen! Aber jetzt musst du uns helfen, okay? Bitte! B-i-i-i-t-t-e!!"

Sie hörte ihre Mutter am anderen Ende der Leitung seufzen. „Okay, ich höre."

„Du musst Herrn Würgler eine Weile aufhalten. Für uns. Plaudere einfach etwas länger mit ihm, ja? Ich werde dir später alles erzählen und es ist auch alles überhaupt nicht schlimm, aber jetzt habe ich keine Zeit für Erklärungen, okay?!" Lele hatte so schnell gesprochen, dass sie ganz aus der Puste war.

Sie spähte über das Verdeck des Autos und sah, wie ihre Mutter wieder die Augen zusammenkniff und in ihre Richtung blickte. Es war Lynns *Was-um-alles-in-der-Welt-hast-du-bloß-wieder-ausgeheckt?*-Blick.

„Bitte!", sagte Lele mit Nachdruck und hörte Lynn seufzen. „Okay, ich versuch mein Bestes", sagte die schließlich und warf einen letzten *Wir-zwei-reden-aber-später-noch*-Blick in die Richtung, in der sie Lele vermutete. Dann hängte sie auf und wandte sich Herrn Würgler zu. „Ein wirklich schöner lauer Abend, nicht wahr?", fragte sie ihn.

Lele, Cleo und Elif atmeten erleichtert aus. Dann schlichen sie auf leisen Sohlen weiter.

Wenn Blicke mehr sagen als Worte – Von wem kennst du welchen BLICK?

- [ ] Der *Ich-versuche-zwar-streng-zu-schauen-aber kann-dir-gar-nicht-böse-sein*-Blick
- [ ] Der *Schwamm-drüber-lass-uns-wieder-vertragen*-Blick
- [ ] Der *Das-letzte-Wort-ist-noch-nicht-gesprochen*-Blick
- [ ] Der *Ich-hab-dich-doch-eigentlich-lieb-aber-gerade-bringst-du-mich-auf-die-Palme*-Blick
- [ ] Der *Ich-mag-dich-aber-sage-es-dir-nicht*-Blick
- [ ] Der *Lass-den-Kopf-nicht-hängen-morgen-ist-ein-neuer-Tag*-Blick

Welche Blicke kennst du noch?

Als die Queens hinter dem Rücken des Hausmeisters vorbeihuschten, sah Lele, wie ihre Mutter ihnen hinterhersah und grinste. Es musste ziemlich witzig aussehen, wie da eine Fledermaus, ein Zombie und ein Vampir durch die schwach beleuchtete Weberstraße schlichen. Die drei waren bereits auf der Zielgeraden zu Cleos Haus, da streckte Herr Würgler Lynn seine Hand hin.

„Es ist zwar wirklich nett, mit Ihnen zu plaudern, aber ich muss jetzt wirklich gehen, Frau Lemke", hörten ihn die Mädchen sagen. Entschuldigend hielt er die Glühbirne hoch.

„Oh nein!", murmelte Lele.

„Das darf doch nicht wahr sein!", flüsterte Elif erschrocken.

„Aber wo geht der denn hin?", fragte Cleo.

Erstaunt blickten die drei dem Hausmeister hinterher – der geradewegs auf seine eigene Haustür zulief! Sekunden später ging in der Erdgeschosswohnung das Licht an und man sah Herrn Würgler auf einer Leiter unter dem Lampenschirm stehen.

„Ich glaub's ja nicht! Die Glühbirne war gar nie für den Dachboden gedacht! Sondern für seine eigene Wohnung!", rief Elif.

„Mensch!" Lele atmete erleichtert auf. „Das erklärt auch, warum Herr Würgler Samstagabend arbeitet. Ich hab mich

schon gewundert! Und wir haben uns wegen nichts so gestresst!“ Sie lachte. Dann bemerkte sie Cleos Gesicht und verstummte augenblicklich. Denn die lachte nicht. „Cleo? Was ist denn los?“, fragte Lele und stupste sie an. „Hast du einen Geist gesehen?“
Cleo schüttelte den Kopf. „Viel schlimmer! Wiesel!“
Lele blickte sich um und entdeckte drei lange Schatten an der Hausecke hinter ihnen.
Elif kicherte leise. „Die merken gar nicht, dass wir ihre Schatten sehen können.“
„Können die uns nicht einmal in Ruhe lassen?“ Cleo verdrehte die Augen.
„Aber das ist doch perfekt!“, flüsterte Lele aufgeregt. „So kommen die Kings ja doch noch in den Genuss unserer grusligen Überraschung!“ Sie zwinkerte ihren beiden Freundinnen zu.
„Ah! Ja klar!“, sagte Cleo.
„Super Idee!“, jubelte Elif.
Lele grinste. „Na dann mal los! Lasst uns die Geisterstunde beginnen!“

Kreischende Zombies, tanzende Skelette oder doch eher eklige Schlabberwürmer?
Was begegnet Herrn Würgler auf deiner GEISTERBAHN?
ZEICHNE einfach los!

15. Endlich! Die große, gruselige Horror-Rache!

Die drei rannten die wenigen Meter bis zu Cleos Wohnhaus, wo Cleo die Haustür aufsperrte. Sie warteten, bis sie sicher waren, dass die Jungs ihnen gefolgt waren, erst dann traten sie ein. Drinnen achteten sie darauf, dass die Haustür nicht ins Schloss fiel, sodass ihnen die Kings problemlos folgen konnten. Es klappte. Kaum waren die Mädchen im zweiten Stock angelangt, hörten sie die Jungs, wie sie in sicherem Abstand die Treppe hochschlichen. Flink stiegen die Queens die weiteren Stufen hoch. Aber anstatt bis auf den Dachboden und weiter auf das Dach zu steigen, verschwanden sie lautlos in Cleos Wohnung.

„Die Handys fürs Leuchten einpacken!", flüsterte Lele Elif und Cleo zu.

Die beiden kramten blitzschnell ihre Handys aus ihren Rucksäcken. Lele fischte ihr eigenes vorsichtshalber auch schon mal aus der Innentasche. „Na, hoffentlich zickt es nicht gleich wieder rum wie …“

„Psst! Ich glaub, sie kommen!“, unterbrach Elif Leles Gemurmel und drückte ihr Ohr an die Wohnungstür.

Lele und Cleo stellten sich nun ganz dicht neben sie. Mit angehaltenem Atem lauschten sie, wie die Schritte der Jungs näher kamen. Lele lugte durch den Spion und verfolgte, wie Kolja, Loris und Devin auf Cleos Etage ankamen und vorsichtig nach oben zum Dachboden linsten.

„Ich weiß nicht“, sagte Devin. „Ich hab irgendwie kein gutes Gefühl.“

„Ach, jetzt komm schon! Die drei werden bald schon auf dem Dach und verschwunden sein, wenn wir uns nicht beeilen“, antwortete Loris. „Und dann heißt es für heute ein zweites Mal *bye-bye* Überrumpelungsstrategie!“

Kolja blickte von einem zum anderen. Dann trat er auf die nächste Treppenstufe. „Loris hat recht. Lasst uns hochgehen. Und zwar schnell!“

„Wenn ihr meint.“ Devin zuckte mit den Schultern und lief Kolja und Loris hinterher.

Lele musste sich ganz fest auf die Unterlippe beißen, um vor Freude nicht zu lachen. Sie blickte ihre zwei Freundinnen an,

die ebenfalls grinsten. Die drei warteten noch ein paar Sekunden, dann schlichen sie den Jungs leise hinterher.
Gerade waren die Queens auf der Höhe des Dachbodens angekommen, da hörten sie Koljas Stimme aus dem Dunkeln.
„Mann! Ist das finster hier. Macht mal das Licht an!"
„Der Lichtschalter funktioniert nicht", hörten sie Devin antworten.
„Was soll denn dieser Quaaa … aaaaahhhhh!!!!", hallte Loris' Stimme aus dem finsteren Raum.
„Was ist los, Loris?", fragte Kolja erschrocken. Dann schrien auch er und Devin los.
Das war der Moment, auf den die Mädchen gewartet hatten. Sie machten ihre Handy-Taschenlampen an und rannten los. Lele jubelte innerlich, denn auch ihr Licht brannte. In der Mitte des Raums stoppten die drei und streckten die Handys vor sich in die Höhe. Ihnen bot sich ein Anblick, der besser war als alles, was sie je zuvor gesehen hatten: Geblendet von den Lichtstrahlen hingen die drei Kings über dem Boden, gefangen in einem riesigen Spinnennetz, und versuchten vergebens, sich daraus zu befreien. Sie zappelten und strampelten und sahen dabei ziemlich hilflos aus. Erst jetzt, durch das Licht der Taschenlampen, bemerkten die drei

Jungs die ganzen Krabbeltiere, die sich auf dem Fußboden unter ihnen tummelten.

„Iiiiiihhhh!“, riefen sie im Chor.

Nun richtete Elif ihre Taschenlampe Richtung Decke und die Augen der Kings folgten dem Lichtstrahl automatisch. Direkt über ihren Köpfen, und nun gruselig vom Licht beschienen, baumelte eine fette, pelzige Vogelspinne!

Kolja, Loris und Devin kreischten erneut.

Nun leuchtete Lele zur linken Seite und die anderen beiden Mädchen taten es ihr gleich. Während alles andere in

Dunkelheit gehüllt war, erstrahlte das Skelett im Licht der Taschenlampen und seine Augen funkelten in einem stechenden Rot.

Cleo räusperte sich. Dann kam aus ihrem Mund ein tiefes, röchelndes Geräusch.

„Öööööööööhööööh!!!!“

„Aaaaaah!!!“, riefen die Kings mit vereinten Kräften.

Jetzt konnten sich Lele, Cleo und Elif einfach nicht mehr zurückhalten. Sie prusteten los und füllten den Raum mit ihrem Lachen. Die gruselige Stimmung war von einem Moment auf den anderen komplett verflogen.

„Hä? … Was?“ Loris blinzelte verdutzt ins Licht. Durch die

starke Blendung konnten die Jungs die Mädchen noch immer nicht sehen.
„Das sind die idiotischen Queens, das hört man doch gleich!", fauchte Kolja.

Nun drehten die Queens ihre Handys um und leuchteten auf sich selbst. Das Licht zeichnete gespenstische Schatten auf ihre Gesichter und warf ihre Köpfe als riesige Umrisse an die Wand. Das sah ziemlich beeindruckend aus.
„Willkommen in unserem Reich", sagte Lele ernst und feierlich.
„Wir hoffen sehr, dass der bisherige Aufenthalt euren Vorstellungen entsprochen hat", sprach Elif weiter.
„Pah! Ihr blöden … Kostüm-… Kühe!", schimpfte Kolja und schaffte es endlich, sich aus dem Netz zu befreien. Er besah sich von oben bis unten und klopfte schnell ein paar silberne Spinnfäden ab, die ihm noch überall in den Klamotten hingen. Die in seinem Haar bemerkte er allerdings nicht. „Ihr haltet euch wohl für sehr witzig!" Er funkelte Lele böse an.
„Ja, schon. Du etwa nicht?", fragte sie zurück und betrachtete amüsiert Koljas neue, Spinnweben-verzierte Haarpracht.
Unterdessen hatten sich auch Loris und Devin aus dem Netz befreit.

„Oder sagen wir mal so …“ Lele stemmte ihre Hände in die Hüften. „Wenn ihr uns das Dach abluchsen wollt, müsst ihr echt früher aufstehen!“

Elif und Cleo stellten sich neben sie. Alle drei blickten die Kings herausfordernd an.

„*Das* war nämlich erst der Anfang!“ Elif verschränkte ihre Arme vor der Brust.

„Ihr wollt gar nicht wissen, was wir noch so draufhaben, wenn wir herausgefordert werden!“ Cleos Augen blitzten.

„Darum“, sagte Lele bestimmt, „darum wagt es *nie* mehr, auch nur in die Nähe unseres Hauptquartiers zu kommen!“

Kolja stöhnte. Im ersten Moment schien er sprachlos zu sein. Dann drehte er sich zu seinen zwei Freunden um. „Kommt Jungs, gehen wir.“

Unter dem Gelächter der Mädchen zogen die Kings ab. Vergnügt blickten sie ihnen hinterher und hörten, wie die drei sich gegenseitig anblafften.

„Müsst ihr wegen jeder winzigen Spinne loskreischen wie kleine Babys?!“, empörte sich Kolja.

„Meinst du etwa mich?“, fragte Loris entrüstet. „Wer hat denn wegen so einem lächerlichen Skelett geschrien wie am Spieß?“

Es folgten ein paar weitere gegenseitige Beschimpfungen, dann waren die drei nicht mehr zu hören.

Cleo fing an zu grinsen. „Ich würde sagen, die haben wir in die Flucht geschlagen!"

„Und ein für alle Mal in die Schranken gewiesen!"

Elif strahlte. „Die kommen garantiert nicht mehr so schnell auf die Idee, uns das Dach abluchsen zu wollen!"

„Genau!", sagte Lele. „*Und* wir haben uns für die Blamage im Keller gerächt!"

„Oh Mann, das war aber auch wirklich sehr gruselig in dem doofen Keller!" Cleo schüttelte es bei dem Gedanken.

„Aber die Sieger im Erschrecken sind eindeutig *wir*!" Elif sah ihre Freundinnen triumphierend an.

„Auf jeden Fall!", rief Lele und streckte ihre Hand für den Queens-Handschlag aus. Die anderen zwei folgten ihr. Pling!

Der beste GRUSEL-STYLE gewinnt!

Male diesen Wesen die schlimmsten **FRISUREN**, die dir einfallen!

16. Party unterm Sternenhimmel!

Schnell befreiten die Queens den Dachboden von den gruseligen Gegenständen und verstauten alles wieder in ihren mitgebrachten Taschen. Nach kurzer Zeit war nichts mehr von der Geisterbahn zu sehen – und der Dachboden wirkte sauberer und aufgeräumter als je zuvor.

Nun stand der Dach-Übernachtungsparty der Queens nichts mehr im Weg! Sie mussten nur noch einmal kurz runter in Cleos Wohnung flitzen, ihre Säcke mit den Gruselutensilien abladen und alle Sachen holen, die sie für die Übernachtung dort deponiert hatten. Neben den Schlafsäcken und allerlei Essen und Getränken war das auch die Strickleiter, ohne die sie nicht zur Dachluke hochsteigen konnten. Vor allem aber waren das ihre Schlüssel zu den Vorhängeschlössern, mit denen sie das Fenster zum Dach verschlossen hatten.

Normalerweise versteckten sie die Schlüssel bei sich zu Hause oder aber trugen sie bei sich – und zwar in ihren Schuhen! Das war zwar etwas unbequem, aber den Aufwand wert. Denn kein King würde so jemals an einen der Schlüssel kommen. Und es galt ja ganze *drei* Schlösser zu knacken, um aufs Dach zu gelangen. An diesem Abend hatten sie ihre Schlüssel aber vorsichtshalber bei Cleo in der Wohnung gelassen, was bestimmt eine gute Idee gewesen war. Wer weiß, was passiert wäre, wenn einer der Queens beim Herumkriechen auf dem Kellerboden plötzlich ihr Schlüssel aus dem Schuh gefallen wäre.

Kaum hatten sie also alles Nötige zusammengepackt und waren bereit loszugehen, da fiel Lele ein, dass sie besser noch kurz ihre Mutter anrufen sollte. Sie hatte etwas Angst vor dem Gespräch. Immerhin wusste Lynn, dass Lele nicht wie angekündigt bei Elif war, sondern mitten in der Nacht als Fledermaus verkleidet in der Weberstraße herumschlich. Trotzdem wählte sie jetzt die Nummer.
„Hallo Mama“, sagte sie, als Lynn mit einem „Na? Wie geht's meinem wilden Kind?“ abnahm.
„Äh … ganz gut eigentlich.“ Lele schluckte. Sie konnte es nicht ausstehen, ihre Mutter anzulügen. Darum erklärte sie ihr jetzt, dass Elif, Cleo und sie die Jungs erschrecken mussten.

Das sei wichtig gewesen. Deswegen die Kostüme. Aber jetzt sei alles wieder gut.

„So, so“, sagte Lynn. „Ihr *musstet* sie also erschrecken?“

„Ja, ja. Es ging um Leben und Tod. Oder sagen wir, zumindest um Ruhm und Ehre.“

Lele hörte, wie ihre Mutter am anderen Ende der Leitung kurz auflachte. „Und? Hat’s geklappt?“

„Ja!“, sagte Lele stolz.

„Schön. Dann könnt ihr ja jetzt schlafen gehen, oder? Ist ja doch schon ziemlich spät geworden.“

„Schlafenszeit! Jawohl, Mama!“ Lele fand, das war nur ein klitzekleines bisschen geflunkert, immerhin würden sie auf dem Dach tatsächlich schlafen – irgendwann. Gerade hatte sie aufgelegt, da fiel Lele das Foto ein, das sie Lynn versprochen hatte. „Queens“, sagte sie und hielt ihr Handy für ein Selfie von sich gestreckt, „bitte ganz müde aussehen. Meine Mama soll nur das Beste von uns denken!“

Die drei Mädchen gaben sich große Mühe, möglichst schläfrig zu gucken. Elif rieb sich die Augen, Cleo gähnte und Lele verzog ihren Mund zu einer Fratze, als ob sie bereits schlafen würde. Das sah alles sehr lustig aus. Lele schickte es sofort an Lynn und bekam prompt eine Antwort in Form eines Zwinkersmileys.

„Lasst uns noch mehr Fotos machen!“, rief Cleo. „Ich mein, wenn wir schon mal so toll verkleidet sind!“
Die drei Queens quetschten sich wieder vor Leles Kameralinse und zogen die besten Grimassen, die sie auf Lager hatten. Zusammen mit ihren Verkleidungen sahen die Bilder einfach schaurig-komisch aus. Oder wie Lele sie nannte: Queens-Fotos de luxe!
So leise, wie sie nur konnten, tapsten die drei Queens ein letztes Mal in dieser Nacht die Treppe zum Dachboden hinauf. Oben angekommen schwang Cleo die Strickleiter, die sich bereits beim zweiten Versuch im Haken der Dachluke verfing. Sie hielt die Leiter und Lele kletterte hoch. Dann waren die drei Schlösser an der Reihe. Cleo und Elif reichten Lele die Schlüssel und Sekunden später waren die Schlösser auf und die Dachluke konnte geöffnet werden.

Während Elif und Cleo hinter ihr hinaufstiegen, schlüpfte Lele bereits aufs Dach und sah sich um. Ein ganz wohliges Gefühl überkam sie. Der Wind wehte sanft um ihren Kopf, die Nachtluft roch angenehm klar und frisch, und der Himmel war von Sternen bedeckt.
Sofort machten sich die Mädchen daran, sich schön kuschelig einzurichten. Zuerst holten sie ihre Decken und Kissen aus den wasserdichten Boxen, die sie hier oben gelagert hatten.

EINS, ZWEI, DREI – SPAGHETTIIIII!

Zeichne hier tolle Selfies mit witzigen Grimassen rein!

Dann rollten sie ihre mitgebrachten Matten und Schlafsäcke aus. Am Ende hängten sie die Lichterkette auf. Die machte eine wunderschön feierliche Stimmung.

„Ich bin eigentlich noch gar nicht müde“, sagte Cleo, während sie ihr Kissen aufklopfte.

„Ich auch nicht“, gestand Elif.

„Wie wär's dann mit einer Runde tanzen?!“, schlug Lele vor.

Elif und Cleo sahen sie stirnrunzelnd an.

„Erinnert ihr euch noch daran, wie wir vor den Jungs sagten, wir würden auf dem Dach tanzen?“ Lele grinste die beiden an.

„Ja gut, aber das hatten wir doch nur so gesagt“, meinte Elif stirnrunzelnd.

„Klar würde ich gerne tanzen“, sagte Cleo. „Aber wir haben ja nicht einmal Musik. Unsere Handys haben wir doch unten gelassen.“

„Dann holen wir sie einfach schnell, oder?“ Elif sah die beiden fragend an.

„Oder … wir tanzen einfach stumm!“ Lele stand auf und zog Elif und Cleo mit sich.

„Stumm?“, fragte Cleo. „Du meinst, so ähnlich wie bei

einem Stummfilm, bei dem man die Leute nicht sprechen hört?“

„Warum nicht?“ Elif zuckte mit den Schultern.

„Klingt auf jeden Fall interessant. Wie eine neue Disziplin bei einem Tanzwettbewerb!“

„Na, dann lasst den Stummtanz beginnen!“, rief Cleo.

Die drei stellten sich in die Mitte des Dachs und fingen an, sich zu bewegen.

Erst war es allen dreien ein wenig peinlich. Sie traten von einem Fuß auf den anderen und kicherten.

Mit der Zeit wurden ihre Bewegungen wilder. Sie warfen die Arme in die Luft und stampften mit den Füßen auf den Boden auf.

„Und jetzt der Zombie-Tanz!“, rief Lele.

Alle drei streckten die Arme aus und liefen wankend ein paar Schritte.

„Drei, zwei, eins!“, zählte Lele und die drei wechselten gleichzeitig die Richtung.

Das sah fantastisch aus. Fast wie eine einstudierte Choreografie! – Und hätte man sie von Weitem gesehen, allein auf diesem Dach und einzig beschienen vom Mondlicht, man hätte sie für drei unheimliche, geisterhafte Nachtgestalten gehalten.

Sie tanzten noch eine Weile, bis sie irgendwann doch ein wenig müde wurden und sich auf ihre Matten legten.

„Stummtanzen ist echt cool!“ Cleo kuschelte sich zufrieden in ihre Decke.

„Vor allem unser Zombie-Tanz!“ Elif schmunzelte.

„Der muss gleich mal festgehalten werden!“ Lele holte das LwD-Buch hervor. Sie schlug eine Seite im Buch auf, die bereits voller Kritzeleien und Notizen war.

Die COOLSTEN ERFINDUNGEN der Queens

Unsere vollkommen-fantastische Club-Limo

Die ultimative Radfahr-Akrobatik-Show

Das ist die Theorie. In der Praxis sieht es etwas anders aus. Wir üben noch ;-)

Unser Tier-Morphen!

Der Stummtanz mit der Unterdisziplin „Zombie-Tanz"

Spinnen-Hip-Hop, Vampir-Stepptanz, Skelett-Ballett –

ERFINDE neue TÄNZE!

Während Lele malte, nahm Elif ihre Thermoskanne und drei Becher aus ihrem Rucksack und schenkte allen von dem heißen, duftenden Kakao ein. Cleo holte Popcorn und Kekse hervor. Dann fläzten sich die drei auf ihre Kissen und nuckelten an ihren warmen Getränken. Ab und zu warfen sie sich ein wenig Popcorn in den Mund oder knabberten an einem Keks herum.

„Wir brauchen ein neues Geheimwort für das Dach", nuschelte Lele mit vollem Mund.

„Wie wär's mit einem neuen LwD-Eintrag dafür?!", schlug Elif vor.

„Sehr gute Idee!" Lele blätterte sofort zur nächsten leeren Seite.

Bye bye Riesenrad –
das ultimativ-unauffällige
neue GEHEIMWORT
für unser Geheimversteck

- Wellenbad
- Bushaltestelle (unauffälliger geht ja wohl kaum. Und eine gute, falsche Fährte ist es obendrein!)
- Fahrradständer
- Shoppingcenter
- Pommesbude
- Eisdiele
- Oma Meyer
- Keller (!!)
- zusammen Hausaufgaben machen
- Zimmer aufräumen

Als sie ihre Ideen nochmals durchlasen, krümmten sich die Mädchen auf ihren Matten vor Lachen.

„Stellt euch vor, wir sagen: *Ach, lasst uns doch mal wieder Oma Meyer besuchen* und die Kings zerbrechen sich den Kopf darüber, wer das wohl sein mag!", sagte Cleo.

Lele schmunzelte. „Oder wenn wir vom Keller sprechen und die Kings ganz verwirrt sind und sich fragen, warum wir jetzt auch im Keller unterwegs sind."

„Stimmt!" Elif grinste. „Aber am besten find ich immer noch die letzten zwei. Die Jungs werden sich schön wundern, wenn wir uns die ganze Zeit fürs Hausaufgabenmachen oder Zimmeraufräumen verabreden."

„Vor allem, weil sie wissen, dass wir das nie tun würden. Da wird die Verwirrung groß sein!", sagte Lele und die anderen stimmten ihr lachend zu.

Dann schlüpften die drei in ihre Schlafsäcke und blickten in den sternenklaren Himmel, während ihnen der Nachtwind sanft übers Gesicht blies.

Plötzlich kicherte Lele.

„Was ist denn?", fragte Elif.

„Ich muss einfach …", japste Lele und konnte nicht weitersprechen, weil sie einen Lachanfall bekam. „Ich muss einfach immer wieder an die Gesichter der Kings denken, als sie in unserem Spinnennetz festhingen!“ Nun prusteten auch die anderen beiden wieder los. Die halbe Nacht verbrachten die Queens noch damit, über die schönsten und lustigsten Momente ihres Grusel-Abenteuers zu reden, bis ihnen vor Müdigkeit irgendwann die Augen zufielen.

17. Sonnenaufgang auf dem Riesenrad und ein überraschendes Ende

Als Lele am nächsten Morgen aufwachte, schliefen Elif und Cleo neben ihr noch tief und fest. Lele streckte sich und blickte nach oben. Was für ein wunderschöner Morgen! Gerade ging die Sonne auf und verfärbte den Himmel orangerot. Vorsichtig stupste Lele ihre zwei Freundinnen an.

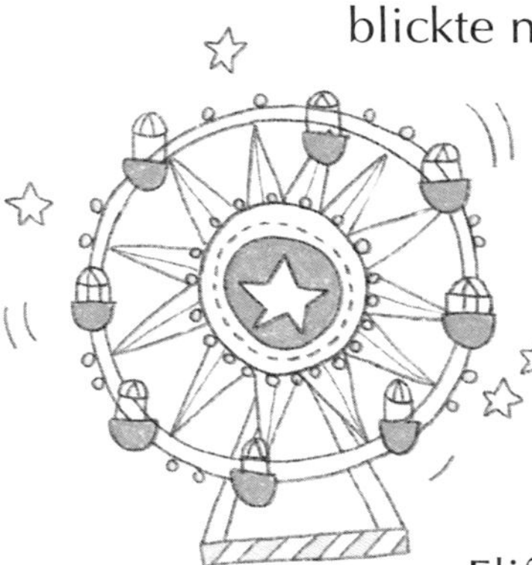

„Was denn?“, nuschelte Cleo und blinzelte Lele mit nur einem geöffneten Auge an.

Elif rieb sich verschlafen die Augen. „Wo bin ich?“

„Schaut doch, die Sonne geht gerade auf! Ist das nicht wunderschön?!“

Nun richteten sich die anderen beiden ebenfalls auf. Still und zufrieden blickten sie in die leuchtend rote Sonne und schauten ihr beim Aufgehen zu. Dann holten sie den Orangensaft und ihre Becher hervor und stießen auf den schönen Morgen an – und auf die tolle Nacht!

„Das war die beste Nacht meines Lebens!“, sagte Cleo.

Die anderen sahen das genauso. Das musste sofort in ihr LwD-Buch notiert werden! Sie blätterten zurück auf eine Seite, auf der bereits eine angefangene Liste war.

ZUSAMMEN ist es am SCHÖNSTEN! Die tollsten Erlebnisse der QUEENS

Die letzte Klassenfahrt

Unser Fahrradausflug (als Lele einen Platten bekam ...)

Der Nachmittag, als uns Cleo Skateboardfahren beibringen wollte und Lele und Elif direkt ins nächste Gebüsch flogen

Als wir alle drei gemeinsam vom 3-Meter-Brett gesprungen sind

Fotoshooting! Als wir die Klamotten von unseren Eltern angezogen und Fotos gemacht haben

Als wir Tiffi suchen mussten (am Ende war's ja doch ganz lustig ... und vor allem aufregend!)

Ganz unten schrieben sie nun einen weiteren Punkt auf:

Die Nacht, als wir die Jungs auf dem Dachboden erschreckt und auf dem Riesenrad übernachtet haben.

Gemeinsam hängten die drei Freundinnen das *Queens*-Banner, das Lele gemalt hatte, in ihrem Hauptquartier auf. Sie fanden, dass das Banner richtig gut aussah – und dass es vor allem unmissverständlich klarmachte, wer hier oben auf dem Dach das Sagen hatte: die Queens natürlich!

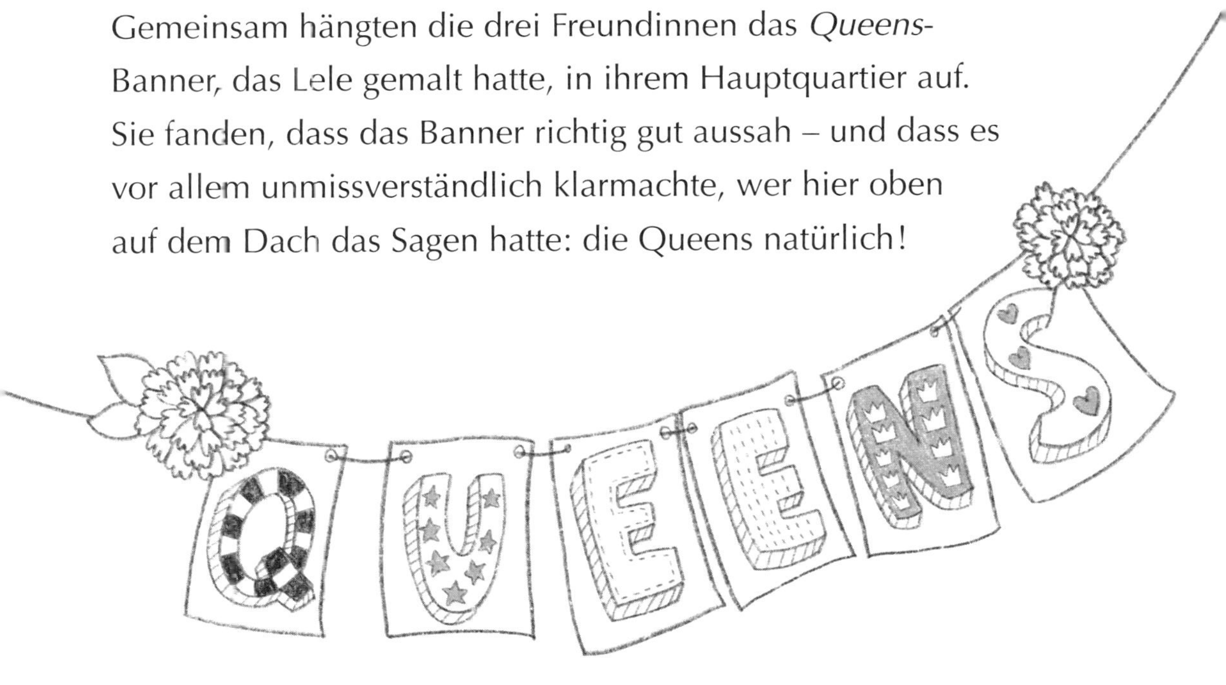

Kanufahrt mit Lagerfeuer oder Büchernacht in der Bibliothek: Schreib hier die TOLLSTEN MOMENTE auf, die du mit deinen **FREUNDEN** erlebt hast!

Für eine Weile aalten sich die drei noch in der Morgensonne, dann machten sie sich an den Abstieg. Lautlos, um bloß nicht Frau Schullers Aufmerksamkeit auf sich zu ziehen, schlichen sie in Cleos Wohnung zurück. Dort rubbelte Elif sich die Reste ihrer Schminke aus dem Gesicht und alle zogen wieder ihre normalen Klamotten an.

Mit einem obligatorischen *Pling!* verabschiedeten sie sich voneinander, dann sprangen Lele und Elif die Treppe hinunter und traten auf die Weberstraße.

Gerade wollten sie sich voneinander verabschieden, da blieb Elif stehen.

„Ich glaub's ja nicht! Ein Wiesel!", murmelte sie.

„Was?", flüsterte Lele empört. „Schon wieder? Die Kings lassen uns ja echt nie in Ruhe!"

Elif lachte. „Nein! Ein echtes Wiesel, schau doch!" Sie zeigte auf die andere Straßenseite.

Da saß ein süßes, kleines Wiesel auf dem Gehsteig und blickte sie erschrocken an. Es verharrte ein paar Sekunden, dann sprang es davon und war im nächsten Moment verschwunden. Lele lächelte. Ein echtes Wiesel! Was für ein lustiger, passender Abschluss!

Allein schlenderte Lele in der Morgensonne die Weberstraße entlang, als sie weiter vorne plötzlich Kolja entdeckte. Er stand am Straßenschild und schien daran herumzunesteln. Komisch, dachte Lele und blieb stehen. Kurz darauf war Kolja fertig und lief davon. Lele wartete, bis er hinter der nächsten Straßenecke verschwunden war, erst dann näherte sie sich dem Schild. Da hing, mit Klebestreifen befestigt, ein kleiner Zettel. Behutsam löste ihn Lele ab und faltete ihn auseinander.

Lele machte große Augen. Kolja schrieb also die Zettel! Kolja schrieb auch Botschaften! Genau wie sie! Lele musste lächeln. Wenn der wüsste, dass sie das rausgefunden hatte. Irgendwie fand Lele es schön, dass Kolja auch heimliche Botschaften schrieb. Und irgendwie gefiel ihr, dass sie sein Geheimnis entdeckt hatte.
Sie verglich die Schrift mit jener von dem Zettel, den sie im Keller gefunden hatte, und tatsächlich: Es war ein und dieselbe! Kolja hatte also auch den ersten Spruch geschrieben. Wie lustig und wunderbar doch alles zusammenhing! Sie las den Zettel ein zweites Mal: *Fantasie ist wichtiger als Wissen, denn Wissen ist begrenzt.*
Lele dachte darüber nach, während sie weiter durch die Weberstraße lief. Fantasie war also wichtiger. Das gefiel ihr.

Sie ging noch einmal die Ereignisse der letzten Nacht im Kopf durch und kam zu dem Schluss, dass im Grunde alles, was sie erlebt hatte, dank der Fantasie der Queens zustande gekommen war. Dank ihrer Fantasie hatten sie so viel Spaß gehabt, und wenn man es genau nahm, hatten sie sogar das Zahlenschloss nicht durch ihr Wissen, sondern durch ihre Fantasie geknackt!
Lele fragte sich, ob Kolja auch daran gedacht hatte, als er den

Spruch aufgeschrieben hatte. Auf jeden Fall freute es sie, dass er so über Fantasie dachte. Dass Fantasie etwas Tolles und Wertvolles war, hatte Lele auch schon von ihrer Mutter gehört. Die sagte immer, Lele habe eine ganz großartige Fantasie, die sie sich unbedingt bewahren sollte.

Lele beschloss, Koljas Zettel mitzunehmen und in ihre Erinnerungsschachtel zu legen. Diese Schachtel hatte Lele schon seit vielen Jahren. Darin sammelte sie alles, was sie an schöne Ereignisse erinnerte: Briefe und Glückwunschkarten, Fahrscheine und Eintrittskarten.

Gerade wollte Lele die letzten paar Meter bis nach Hause rennen, da bemerkte sie Frau Schuller, die sich in dem Moment auf die Bank der Bushaltestelle setzte. Sofort verlangsamte Lele ihren Schritt. Sie hatte keine Lust, Frau Schuller zu begegnen. Die sah nämlich schon wieder furchtbar übellaunig aus. Eben überlegte Lele, ob sie nicht einfach so tun sollte, als ob sie Frau Schuller nicht gesehen hätte, da fiel ihr Blick wieder auf Koljas Botschaft in ihrer Hand. Diese erinnerte sie an ihren eigenen Zettel, den sie doch erst vor ein paar Tagen geschrieben hatte. Sie musste kurz überlegen, dann fiel ihr der Wortlaut wieder ein: *Wenn du jemanden ohne Lächeln siehst, schenke ihm deins.*

Was möchtest du in dieser ERINNERUNGSSCHACHTEL aufbewahren?

Eigentlich ging das doch nicht, dass sie für andere Leute so eine Botschaft schrieb und sich selbst nicht daran hielt, dachte Lele.
Dann setzte sie das netteste und breiteste Lächeln auf, das sie zu bieten hatte, und schritt direkt auf Frau Schuller zu.
„Hallo, Frau Schuller", sagte sie und lächelte freundlich. „Ich wünsche Ihnen einen schönen Tag!" Dazu nickte sie bekräftigend.
Frau Schuller schien es nicht gewohnt zu sein, so nett angesprochen zu werden. Misstrauisch zog sie die Augenbrauen zusammen und betrachtete Lele mit einem skeptischen Blick.
Lele aber gab nicht auf. Sie lächelte einfach weiter und weil ihr nichts Besseres einfiel, fügte sie strahlend hinzu: „Die Sonne scheint so schön heute! Ich hoffe, Sie werden sie ein wenig genießen können."
Auf einmal tat sich etwas im Gesicht von Frau Schuller. Ihre Mundwinkel bogen sich nach oben – und sie begann zu lächeln! „Danke. Ich wünsche dir auch einen schönen Tag, Leonie." Sie nickte Lele freundlich zu.
Lele erwiderte das Nicken und zog weiter, an Frau Schuller vorbei. Ungläubig schüttelte sie den Kopf. Es hatte funktioniert. Es hatte tatsächlich funktioniert! Ihr fiel wieder

ein, dass sie diesen Spruch von Frau Sander hatte, die tatsächlich immer zu allen freundlich und nett war. Lele nahm sich vor, ab sofort ebenfalls jedem ein Lächeln zu schenken, der selbst keins hatte.

Zu Hause wurde Lele bereits von ihrer Mutter erwartet. Lynn hatte einen strengen Blick aufgesetzt – aber auf dem Tisch stand ein Schoko-Bananen-Milchshake, Leles Lieblingsgetränk. Lynn konnte also nicht allzu böse sein. Sie setzten sich auf ihren kleinen Balkon und Lele nippte an ihrem Milchshake, während Lynn in ihrem Eiskaffee rührte.
„Und?", fragte sie. „War's schön?"
Lele nickte. Dann erzählte sie ihrer Mutter alles von ihrer turbulenten Nacht. Na ja, fast alles. Ein paar Kleinigkeiten ließ sie dann doch aus. Zum Beispiel den Teil mit der Dach-Übernachtung. Dafür zeigte sie ihr das kaputte Fledermauskostüm. Das hatte Lynn ja sowieso schon gesehen.

„Na ja", sagte die, nachdem sie den schwarzen Stoff kurz untersucht hatte. „Das kriegt man mit ein paar Stichen wieder hin. Aber in Zukunft fragst du mich, wenn du dir was von mir ausleihen willst. Versprochen?"

Lele nickte. „Versprochen!“

„Ach übrigens“, sagte Lynn. „Ich hab ihn gefragt. Der Geburtstag von Herrn Würgler ist der siebte Februar. Er wird sich über ein Geschenk bestimmt freuen!“ Sie knuffte Lele liebevoll in die Seite.

So wie Lele ihre Mutter kannte, war die imstande, sie Anfang Februar an den Geburtstag des Hausmeisters zu erinnern. Am besten, ich überleg mir jetzt schon ein Geschenk für ihn, dachte Lele und musste bei dem Gedanken grinsen.

Lynn stand auf. „Ich hol mal meinen Laptop. Ich muss nämlich noch eine Geschichte zu Ende schreiben.“

„Heute?“, protestierte Lele. „Es ist doch Sonntag! Und so schönes Wetter!“

„Geht ganz schnell, ich bin fast fertig“, sagte Lynn. „Und vielleicht hast du ja Lust, dass ich sie dir heute Abend vorlese. Rate mal, worum es geht.“ Sie zwinkerte Lele zu und gab sogleich selbst die Antwort: „Um Zombies!“

„Echt?!“, rief Lele begeistert. „Ja, dann schnell! Hol deinen Laptop und hau in die Tasten!“

Plötzlich wusste Lele, was sie ihrer Mutter zum Geburtstag schenken wollte. Sie würde das Titelbild für ihre Zombie-

Geschichte zeichnen! Dann könnten sie Lynns Geschichte ausdrucken und die Seiten zusammenbinden. Vorne drauf würden sie das selbst gemalte Bild von Lele kleben, sodass es aussah wie ein echtes Buch, das man in einem Laden kaufen konnte!

Während Lynn hineinging, um ihren Computer zu holen, zog Lele das LwD-Buch aus ihrem Rucksack und schlug eine neue Seite auf. Sie fand, dass so eine sensationell-spezielle Nacht auch eine spezielle Erinnerung verdiente. Und so malte sie zu jeder Etappe ihres Grusel-Abenteuers eine kleine Zeichnung, bis am Ende ein wunderschönes Wimmelbild entstanden war.

TOP
LED

LETZTE KLAPPE, *Action!*

Male hier Dinge, die dir begegnet oder passiert sind, während du dieses Buch gelesen hast

Geheimwortschatz-Verzeichnis der Queens

Geheimsprache	Übersetzung
Hinken	Ignorieren
Waschbär	Petzer
Wer hat Lust auf Käsekuchen?	Gefahr
Sternschnuppe	Keine Ahnung
Fische fangen	Ruhe bewahren
Tanzen	Reden
Riesenrad	Dach
Ski fahren	abhauen, weggehen
Wollknäuel	Strickleiter
Im Müll wühlen	Klappe halten, nichts sagen
Warum stinkt es hier so?	Und jetzt? Was tun?
Lebertran trinken	Jemanden austricksen
Ich hab so Lust auf Knusperkekse.	Lasst uns in die Geheimsprache wechseln.

Cocktails schlürfen	sich besprechen
Abrakadabra!	Ich weiß eine Lösung!
Cupcake	Skateboard
Delfin	Drohne
Morgengymnastik	Übernachtungsparty
Wiesel	Verfolger/Spion
Knoblauch	Kings
Spaghetti/Heute gibt's bestimmt wieder Spaghetti	Hilfe/Ich brauche Hilfe.

Danksagung

Ich danke:
meinen Eltern für alles,
meiner Lektorin Jo Anne Brügmann für die wunderbare Zusammenarbeit,
Svenja Kopfmann, der Lektorin dieses Bandes,
für ihr großes Engagement und ihre vielen tollen Ideen,
Meike Hamann für die unglaublich witzigen und süßen Illustrationen,
meinem Agenten Sebastian Richter
und natürlich meinem Schreibkollektiv Q3
(www.schreibkollektivq3.de)

Sabina Gröner

© Orit Sarfati

Sabina Gröner ist in Basel aufgewachsen und hat in Zürich und Berlin studiert. Neben Kinderbüchern schreibt sie auch Drehbücher für Filme und Serien für Erwachsene. Wenn darin dunkle Keller oder pelzige Spinnen vorkommen, gruselt sie sich dabei genauso wie Lele, Cleo und Elif – aber pssst, nicht verraten!

© Ralf Grossek

Meike Hamann lebt mit ihrem Mann und ihrer Tochter in Essen. Sie liebt ihre Arbeit als Illustratorin und Kommunikations-designerin so sehr, dass sie am liebsten von morgens bis abends zeichnen würde. Kein Wunder, dass sie sich manchmal Cleos Skateboard wünscht, um alle Termine elegant unter einen Hut zu bekommen!

LESEPROBE

Sabina Gröner

Leles Geheimclub

Keine Kings im Hauptquartier!

Band 1

1. Wir tanzen nicht mit Waschbären!

Lele rannte die Weberstraße hinunter. Sie war spät dran. Lächelnd warf sie einen Blick auf den Zettel in ihrer Hand.

Diesen Zettel hatte Lele heute Morgen zwischen Anziehen und Frühstück angefertigt. Den Satz hatte sie irgendwo aufgeschnappt und nicht mehr vergessen. Lele war nämlich eine heimliche Mutmach-Botschafterin, wie sie es nannte. Sie versteckte anonyme Botschaften, die Mut machen sollten, an Orten, wo sie von anderen gefunden werden konnten – und ihnen dann hoffentlich weiterhalfen.

Die Blüten und Blätter waren auch von ihr. Lele liebte es zu zeichnen. Sie kritzelte und malte eigentlich immer und auf alles, was ihr zwischen die Finger kam.

„Leee-le! Was trödelst du denn so?“, hörte sie auf einmal eine fröhliche Mädchenstimme rufen.

Das war Cleo, die weiter vorne an der Straßenkreuzung stand und ungeduldig auf Lele wartete. Trotz der frühen Uhrzeit war Cleo bereits putzmunter und rollte schwungvoll auf ihrem Skateboard hin und her.

Elif, die neben Cleo stand, gähnte. Dann rief sie: „Komm schon, Lele! Lauf nicht wie ein Hypnotikum durch die Gegend!“

Cleo lachte. „Hypnotikum? Klingt ja witzig! Wie ein Medikament. Muss ich mir auf jeden Fall merken.“

„Heißt auch Schlafmittel“, erklärte Elif.

Elif hatte eine Vorliebe für Fremdwörter und

Fachbegriffe.[1] Es war gar nicht so, dass sie sich darum bemühte, extra spezielle Ausdrücke zu verwenden. Sie flogen ihr im Grunde einfach zu und Elif konnte sich Dinge nun mal leicht merken. Darum hatte sie einen sehr großen Wortschatz und vergaß manchmal, dass andere Kinder in ihrem Alter nicht so viele Wörter kannten wie sie. Zu Hause mit ihrem Zwillingsbruder Devin sprach sie nämlich immer so. Aber der war ja auch ähnlich flink im Kopf wie seine Schwester.
„Ich fliege! … also gleich!", rief Lele, während sie sich suchend umblickte. Gerade kam sie an der Bushaltestelle vorbei. Kurzerhand steckte sie den Zettel in die kleine Lücke zwischen Sitz und Lehne der Wartebank. Dann sprang sie schnell zu ihren beiden Freundinnen, die noch immer an der Straßenecke auf sie warteten.
Die drei Mädchen begrüßten sich wie jeden Morgen mit dem obligatorischen „Pling!", ihrer ultimativen Begrüßungsformel, bei der sie ihre Hände in die Mitte streckten und gleichzeitig die Finger wie eine Blüte aufspringen ließen. Dann bogen sie gemeinsam in die Fabrikstraße ein.

Vor dem Schultor wurden sie bereits erwartet. Kolja, Loris und Devin saßen auf der Schulmauer und

1 Auf Seite 120 kannst du alle Fremdwörter sammeln, die Elif in diesem Buch benutzt.

sprangen zu Boden, als sie die Mädchen kommen sahen. Loris vollführte dabei ein kleines Kunststück, indem er während des Sprungs seine Beine auf einer Seite hochzog, bevor er landete. Das sah ziemlich cool aus. Aber Loris war ja auch ein wahrer Parkour-Meister.

„Oh, bitte nicht die!“, stöhnte Cleo und rollte mit den Augen.

„Weißt du, was sie von uns wollen?“, fragte Lele Elif, während sie weiter auf das Tor zuliefen.

„Nur weil Devin mein Bruder ist, heißt das leider noch lange nicht, dass er mich in ihre geheimen Vorhaben einweiht“, antwortete Elif. „Ich würde ihm ja auch nie von unseren Plänen erzählen!“

Elif flüsterte, so nah waren sie den Jungs bereits. Nun trat Kolja einen Schritt vor.

„Tanzen oder hinken?“, fragte Lele ihre zwei Freundinnen schnell, ohne Kolja dabei aus den Augen zu lassen.

„Hinken!“, sagte Cleo.

Elif nickte. „Eindeutig: hinken!“

„Oh Mann, glaubt ihr, wir verstehen euch nicht, nur weil ihr Geheimsprache sprecht?!“, meinte Kolja.

„Was haben wir denn gesagt?“, fragte Lele grinsend.

Kolja schnaubte verächtlich. „Jedenfalls“, fing er an, „müssen wir mit euch reden!“

„Sorry", antwortete Lele, „aber wir reden nicht mehr mit euch, beschlossene Sache!"

Und schon gingen die Mädchen wortlos an den drei Jungs vorbei.

Dass sie nicht mit ihnen reden wollten, hatte seinen guten Grund. Es waren nämlich die Jungs gewesen, die sie letzte Woche verpfiffen hatten, als sie der neuen Referendarin einen kleinen Streich spielen wollten.

Jetzt drehten sie sich nochmals zu den Jungs um und Cleo rief: „Wir tanzen nämlich nicht mit Waschbären!"

„Hä? Was? Spinnt ihr?", fragte Kolja.

„Wir wollten nur mit euch reden!", sagte Loris.

„Eben!" Lele grinste und die drei Mädchen verschwanden lachend im Schulgebäude.

Sie liebten es, in ihrer Geheimsprache zu sprechen. Sie war super einfach zu lernen, aber für Außenstehende fast unmöglich zu verstehen. Die Mädchen hatten nämlich einfach einzelne Wörter oder Ausdrücke durch andere ersetzt. „Tanzen" hieß zum Beispiel „reden" und „hinken" so viel wie „ignorieren". „Wer hat Lust auf Käsekuchen?" bedeutete „Achtung, Gefahr!"